巴金 著

长江出版传媒
长江文艺出版社

图书在版编目（CIP）数据

我的心我的梦 / 巴金著. -- 武汉 ：长江文艺出版社，2015.11（2023.3 重印）
（名家散文经典：精装插图版）
ISBN 978-7-5354-8181-8

Ⅰ. ①我… Ⅱ. ①巴… Ⅲ. ①散文集－中国－现代
Ⅳ. ①I266

中国版本图书馆 CIP 数据核字（2015）第 155031 号

责任编辑：叶　露　　　　责任校对：毛季慧
封面设计：徐慧芳　　　　责任印制：邱　莉　胡丽平

出版：长江出版传媒　长江文艺出版社
地址：武汉市雄楚大街 268 号　　　　邮编：430070
发行：长江文艺出版社
电话：027—87679360
http://www.cjlap.com
印刷：三河市百盛印装有限公司

开本：880 毫米×1230 毫米　1/32　　印张：7.5　插页：8 页
版次：2015 年 11 月第 1 版　　2023 年 3 月第 2 次印刷
字数：167 千字

定价：55.00 元

把心交给读者

前两天黄裳来访，问起我的《随想录》，他似乎担心我会中途搁笔。我把写好的两节给他看，我还说：“我要继续写下去。我把它当做我的遗嘱写。”他听到“遗嘱”二字，觉得不大吉利，以为我有什么悲观思想或者什么古怪的打算，连忙带笑安慰我说：“不会的，不会的。”看得出他有点感伤，我便向他解释：我还要争取写到80，争取写出不是一本，而是几本《随想录》。我要把我的真实的思想，还有我心里的话，遗留给我的读者。我写了五十多年，我的确写过不少不好的书，但也写了一些值得一读或半读的作品吧，它们能够存在下去，应当感谢读者们的宽容。我回顾五十年来所走过的路，今天我对读者仍然充满感激之情。

可以说，我和读者已经有了五十多年的交情。倘使关于我的写作或者文学方面的事情，我有什么最后的话要讲，那就是对读者讲的。早讲迟讲都是一样，那么还是早讲吧。

我的第一篇小说（中篇或长篇小说《灭亡》）发表在1929年出版的《小说月报》上，从一月号起共连载四期。小说的单行本在这年年底出版。我什么时候开始接到读者来信？我现在答不出来。我记得一九三一年我写过短篇小说《光明》，描写一个青年作家经常接到读者来信，因无法解答读者的问题而感到苦恼。

小说里有这样一段话：

> 桌上那一堆信函默默地躺在那里，它们苦恼地望着他，每一封信都有一段悲痛的故事要告诉他。

这难道不就是我自己的苦恼？那个年轻的小说家不就是我？

一九三五年八月我从日本回来，在上海为文化生活出版社编辑了几种丛书，这以后读者的来信又多起来了。这两三年中间我几乎对每一封信都做了答复。有几位读者一直同我保持联系，成为我的老友。我的爱人也是我的一位早期的读者。她读了我的小说对我发生了兴趣，我同她见面多了对她有了感情。我们认识好几年才结婚，一生不曾争吵过一次。我在一九三六、三七年中间写过不少答复读者的公开信，有一封信就是写给她的。这些信后来给编成了一本叫做《短简》的小书。

那个时候，我光身一个，生活简单，身体好，时间多，写得不少，也有足够的时间和精力回答读者寄来的每一封信。后来，特别是解放以后，我的事情多起来，而且经常外出，只好委托萧珊代为处理读者的来信和来稿。我虽然深感抱歉，但也无可奈何。

我说抱歉，也并非假意。我想起一件事情。那是在一九四〇年年尾，我从重庆到江安，在曹禺家住了一个星期左右。曹禺在戏剧专科学校教书。江安是一个安静的小城，外面有什么人来，住在哪里，一下子大家都知道了。我刚刚住了两天，就接到中学校一部分学生送来的信，请我去讲话。我写了一封回信寄去，说我不善于讲话，而且也不知道讲什么好，因此我不到学校去了。不过我感谢他们对我的信任，我曾经常想到他们，青年是中国的希望，他们的期望就是对我的鞭策。我说，像我这样一个小说家算得了什么，如果我的作品不能给他们带来温暖，不能支持他们前进。我说，我没有资格做他们的老师，我却很愿意做他们的朋友，在他们面前我实在没有什么可以骄傲的地方。当他们在旧社会的荆棘丛中，泥泞路上步履艰难的时候，倘使我的作品能够做一根拐杖或一根竹竿给他们用来加一点力，那我就很满意了。信的原文我记不准确了，但大意是不会错的。

信送了出去，听说学生们把信张贴了出来。不到两三天，省里的督学下来视察，在那个学校里看到我的信，他说："什么'青年是中国的希望！什么'你们的期望就是对我的鞭策'！什么'在你们面前我没有可以骄傲的地方'！这是瞎捧，是诱惑青年，把它给我撕掉！"信给撕掉了，不过也就到此为止，很可能他回到省城还打过小报告，但是并没有制造出大冤案。因此我活了下来，多写了二十多年的文章，当然已经扣除了徐某某禁止我写作的十年。[①]

话又说回来，我在信里表达的是我的真实的感情。我的确是把读者的期望当做对我的鞭策。如果不是想对我生活在其中的社会贡献一点力量，如果不是想对和我同时代的人表示一点友好的感情，如果不是想尽我作为一个中国人所应尽的一份责任，我为什么要写作？但愿望是一回事，认识又是一回事；实践是一回事，效果又是一回事。绝不能由我自己一个人说了算。离开了读者，我能够做什么呢？我怎么知道我做对了或者做错了呢？我的作品是不是和读者的期望符合呢？是不是对我们社会的进步有贡献呢？只有读者才有发言权。我自己也必须尊重他们的意见。倘使我的作品对读者起了毒害的作用，读者就会把它们扔进垃圾箱，我自己也只好停止写作。所以我想说，没有读者，就不会有我的今天。我也想说，读者的信就是我的养料。当然我指的不是

---

① 徐某某可能表示"抗议"说："我上面还有'长官'，我按照他们的指示办事。我也只是讲讲话，骂骂人。执行的是别人，是我下面的那些人。他们按照我的心思办事。"总之，这一伙人中间的任何一个都是四十年代的督学所望尘莫及的。

个别的读者，是读者的大多数。而且我也不是说我听从读者的每一句话，回答每一封信。我只是想说，我常常根据读者的来信检查自己写作的效果，检查自己作品的作用。我常常这样地检查，也常常这样地责备自己，我过去的写作生活常常是充满痛苦的。

解放前，尤其是抗战以前，读者来信谈的总是国家、民族的前途和个人的苦闷以及为这个前途献身的愿望或决心。没有能给他们具体的回答，我常常感到痛苦。我只能这样的鼓励他们：旧的要灭亡，新的要壮大；旧社会要完蛋，新社会要到来；光明要把黑暗驱逐干净。在回信里我并没有给他们指出明确的路。但是和我的某些小说不同，在信里我至少指出了方向，并不含糊的方向。对读者我是不会使用花言巧语的。我写给江安中学学生的那封信常常在我的回忆中出现。我至今还想起我在三十年代中会见的那些年轻读者的面貌，那么善良的表情，那么激动的声音，那么恳切的言辞！我在三十年代和四十年代初期见过不少这样的读者，我同他们交谈起来，就好像看到了他们的火热的心。一九三八年二月我在小说《春》的序言里说："我常常想念那无数纯洁的年轻的心灵，以后我也不能把他们忘记……"我当时是流着眼泪写这句话的。序言里接下去的一句是"我不配做他们的朋友"，这说明我多么愿意做他们的朋友啊！我后来在江安给中学生写回信时，在我心中激荡的也是这种感情。我是把心交给了读者的。

在三十年代和四十年代中很少有人写信问我什么是写作的秘诀。从五十年代起提出这个问题的读者就多起来了。我答不出来，因为我不知道。但现在我可以回答了：把心交给读者。我最初拿起笔，是这样的想法，今天在五十二年之后我还是这样想。我不是为了做作家才拿起笔写小说的。

我 1927 年春天开始在巴黎写小说，我住在拉丁区，我的住处离先贤祠（国葬院）不远，先贤祠旁边那一段路非常清静。我经常走过先贤祠门前，那里有两座铜像：卢骚（梭）和伏尔泰。

在这两个法国启蒙时期的思想家，这两个伟大的作家中，我对“梦想消灭不平等和压迫”的“日内瓦公民”的印象较深，我走过像前常常对着铜像申诉我这个异乡人的寂寞和痛苦；对伏尔泰我所知较少，但是他为卡拉斯老人的冤案、为西尔文的冤案、为拉·巴尔的冤案、为拉里—托伦达尔的冤案奋斗，终于平反了冤狱，使惨死者恢复名誉，幸存者免于刑戮，像这样维护真理、维护正义的行为我是知道的，我是钦佩的。还有两位伟大的作家葬在先贤祠内，他们是雨果和左拉。左拉为德莱斐斯上尉的冤案斗争，冒着生命危险替受害人辩护，终于推倒诬陷不实的判决，让人间地狱中的含冤者重见光明。

这是我当年从法国作家那里受到的教育。虽然我“学而不用”，但是今天回想起来，我还不能不感激老师，在“四害”横行的时候，我没有出卖灵魂，还是靠着我过去受到的教育，这教育来自生活，来自朋友，来自书本，也来自老师，还有来自读者。至于法国作家给我的“教育”是不是“干预生活”呢？“作家干预生活”曾经被批判为右派言论，有少数人因此二十年抬不起头。我不曾提倡过“作家干预生活”，因为那一阵子我还没有时间考虑。但是我给关进“牛棚”以后，看见有些熟人在大字报上揭露“巴金的反革命真面目”，我朝夕盼望有一两位作家出来“干预生活”，替我雪冤。我在梦里好像见到了伏尔泰和左拉，但梦醒以后更加感到空虚，明知伏尔泰和左拉要是生活在 1967 年的上海，他们也只好在“牛棚”里摇头叹气。这样说，原来我也是主张“干预生活”的。

左拉死后改葬在先贤祠，我看主要原因还是在于他对平反德莱斐斯冤狱的贡献，人们说他“挽救了法兰西的荣誉”。至今不见有人把他从先贤祠里搬出来。那么法国读者也是赞成作家“干预生活”的了。

最后我还得在这里说明一件事情，否则我就成了“两面派”了。

这一年多来，特别是近四五个月来，读者的来信越来越多，好像从各条渠道流进一个蓄水池，在我手边汇总。对这么一大堆信，我看也来不及看。我要搞翻译，要写文章，要写长篇，又要整理旧作，还要为一些人办一些事情，还有社会活动，还有外事工作，还要读书看报。总之，杂事多，工作不少。我是“单干户”，无法找人帮忙，反正只有几年时间，对付过去就行了。何况记忆力衰退，读者来信看后一放就忘，有时找起来就很困难。因此对来信能回答的不多。并非我对读者的态度有所改变，只是人衰老，心有余而力不足。倘使健康情况能有好转，我也愿意多为读者做些事情。但是目前我只有向读者们表示歉意。不过有一点读者们可以相信，你们永远在我的想念中。我无时无刻不祝愿我的广大读者有着更加美好、更加广阔的前途，我要为这个前途献出我最后的力量。

可能以后还会有读者来信问起写作的秘诀，以为我藏有万能钥匙。其实我已经在前面交了底。倘使真有所谓秘诀的话，那也只是这样的一句：把心交给读者。

2 月 3 日

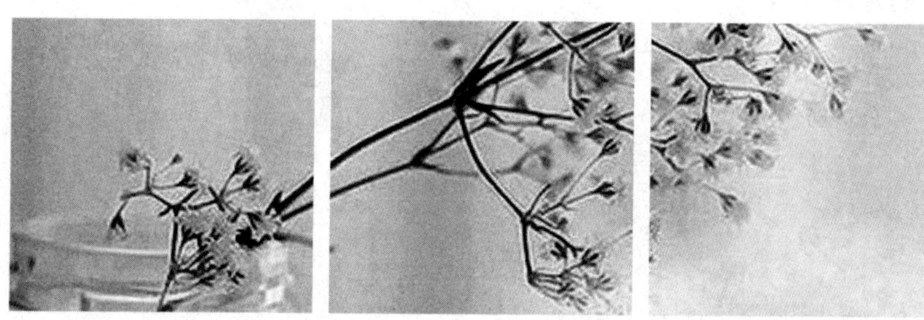

目录

海的梦·54
木乃伊·49
沉落·46
生命·44
吃语·41
我的梦·37
我的呼号·32
我的心·30
我的故事·25
鸟的天堂·22
大黄狗·20
静寂的园子·17
过年·13
一个车夫·10
三等车中·5
一个女佣·1
把心交给读者·1

三论讲真话·191
再论说真话·187
写真话·185
说真话·182
『创作自由』·178
怀念从文·162
怀念胡风·150
悼鲁迅先生·148
怀念萧珊·135
永远不能忘记的事情·130
我的几个先生·124
我的幼年·115
做大哥的人·107
家庭的环境·88
最初的回忆·58
繁星·56

『文革』博物馆·224
要不要制定『文艺法』？·222
『样板戏』·219
人道主义·215
再说知识分子·211
知识分子·206
『人言可畏』·203
未来（说真话之五）·200
说真话之四·196

一个女佣

一个下午我和朋友洪在朱[1]的实验室里谈论罗广庭博士的科学常识。谈到六点钟光景，我们正要出去，外面忽然落起雨来。

这些日子在广州差不多每天都要落雨，但是时间不会久，往往在下了半点钟的雨以后，太阳就会拨开掩盖它的黑云，射出炎热的光芒。

“等雨住了再走罢。”朱脱了外衣说，就把它挂到玻璃书橱上去。

于是我们又坐下来，继续谈话。

雨一落，就落了一个多钟头，后来才慢慢地小了。已经到了七点半钟，夜色降临了。

我们冒着微雨，走下楼去，出了东堂[2]，穿过矮树中间的石板道，正遇着朱的女佣撑着油纸伞，穿着木拖走来，叫他回家去吃晚饭。

那个女佣认识我，因为我常到朱家去玩。她看见我们是三个人，就知道朱不打算回家吃饭了，但是她也唤了朱一声。

“我们不回去了，我们到外面吃东西。”朱简单地说。

她答应一声，不再说话，就转身走了。她的脚步很沉重。她平日是一个多嘴的女人，脸上常常堆着笑，今天她的举动似乎跟

① 朱：指朱洗，当时中山大学生物学系的教授。

② 东堂：指中山大学校舍的东堂。

往日不同。

“你昨天不是说她回家去了吗?”我指着她的背影问朱道。我知道她的家在顺德。

“她去了三天，今天早晨回来了，”朱用低沉的声音回答，“她杀了一个人。”

我还以为朱在跟我们开玩笑，我并不留心他的话。

“她这次回家去杀了一个人，所以她今天的举动、说话都跟平日不同了。”朱继续说。

“真的？杀人不是一件容易的事啊!”新从乡下出来的洪插嘴说，他显然不相信朱的话。

“怎么不真？她今天亲自告诉我们的。她身上还有伤痕。”朱的态度是一本正经的。

我知道朱的性情。他是一个科学家，他对于社会上任何事情都不肯轻易相信。假若他说一件事情是真的，那么他至少有一些证据捏在手里。他的叙述引起了我的注意。

“这又是你的好材料了。”朱对我说。他并不等我回答就接着说下去：

“这个女人倒有胆量。她家乡有一个土豪，时常压迫农民，她一家也免不掉常常受欺侮。最近她的兄弟又给土豪打伤了，她就为这件事情跑回家去跟土豪理论。第一次她是赤手空拳去的，所以也挨了土豪的打，身上有好几处伤痕，我们也看见几处，是她给我们看的。”这时候我们已经走过了两条街，雨还没有住。

朱依旧撑着布伞，我们和他挨得很近，并不是为了避雨，却是为了听他讲那个女佣的故事。

“她挨了打以后就跑回家去，第二天拿了一支手枪再去见那个土豪。”我相信这句话，因为我知道在广东和福建的乡下，许多人家里都有手枪或者长铳。我有一个广东朋友最近正在领导他家乡反对土豪劣绅的斗争，不久以前在选举乡长的会场上，他聚集了一些武装的农民跟土豪劣绅的走狗对抗，几乎发生一次大械斗。

“在一个小河旁边她遇见了土豪，那个人蹲在那里。她一声不响地走过去。

“‘你还要来挨打吗？昨天还没有挨够打？’那个人看见她就嘲笑道。

“‘好，我就让你打，让你把我打死！’她生气地回答，就走到他身边去。

“那个人回头一看，骄傲地说：‘我今天不高兴打你！’他掉过头去，不再理她。

“‘好，你不打，就让我来打！’她马上掏出手枪，对着他接连开了三枪。三颗子弹都打进了他的身体。他叫了两声就倒下去，跌进了水里，从此就不曾再爬上岸来。

“这时候有许多人站在河边。他们不说话，也不动手。

“她丢了手枪，对众人说：‘你们亲眼看见我打死他，你们就把我捉起来，送到衙门里去罢。我是不跑的。’她的态度很安详，一点也不害怕。

“起初没有人说话，众人彼此望着，后来有人发言了：‘你走罢，我们不捉你！’的确没有一个人愿意把她捉起来，反而有人感谢她，因为她杀了一个土豪，这个土豪是全乡人民所憎恨的。

“这样她就离开了家乡，再跑到省城里来，回到我家里做娘姨。现在还没有人来捉她，因为农民是同情她的。不过假若事情的真相给衙门里的人知道，那就难说了。

“她的处境还是很危险的。但是她一点也不害怕，她等着官厅的人来捉她。她一直很兴奋。她今天中午对我们说：她对自己的生命现在都没有了把握，她再不能够顾到别的一切了。

“这个女人真古怪，我以前简直想不到！据说顺德女人的性格常常是很奇特的，她们里面有很多人都是独身主义者，她们把嫁人当作一种耻辱，也许她们都是憎恶男性的女人罢。她便是一个这样的女人。”

朋友朱这样地结束了他的故事，他再没有别的批评的话，但是从他的声音里，我知道他现在也有点兴奋了。

这个故事是完全真实的，并没有一点捏造的地方。然而我仿佛读了一篇高尔基的《草原故事》。那个我常常看见的女佣却成了高尔基早期作品里的女英雄。

那个女子，一张黄黄的方脸，一根大辫子，一双赤脚，一口广东音的普通话。朱常常向我们说她不老实，赚钱。据说，她从朱和另一个朋友两家人的伙食费里面，每个月要赚去二十元。她的生活过得比朱的夫人还好。她吃东西、穿衣服都像一个有钱的女人。她以前给我们的印象是这样，但是现在我觉得我们的观察错误了。

我想，我们很少了解别人。我们常常凭自己的一点点不完备的观察，就断定某某是每样的人，某件事情是如何如何。许多人都犯了这样的错误，有时候连自己也不知道。我们里面谁能够肯定地说：他不曾把高尔基早期小说中的女英雄错认作一个贪财的女人呢？……

1933年7月在广州

三等车中

坐火车似乎不是一件愉快的事情，三等车更不是舒适的地方，但是这两年来我的一部分的时间就在三等车里面花掉了。仿佛有人说过羡慕我的生活一类的话，这些情形他们是不会知道的。

说要走，说了两个星期了。一些朋友在路上遇见我就会问："怎么还在上海？"我除了"明天走"这句短短的答语外，就找不到第二句。的确我每天都是准备着"明天走"的。但是出乎我的意料之外，这"明天"却挨到两个多星期以后了。

在一个黄昏里到北站送了卫夫妇上车回来，我同梅走着到中国旅行社去的马路。我们两个人都不熟习上海的街道，当时我并没有决定这个晚上就走，也没有决定就到中国旅行社去买车票，我们不过在那些比较平坦的马路上散步，谈谈那些许多时候以来折磨我们年轻的心的问题。

天色逐渐阴暗起来，我们却不觉得；灯亮了，我们也不觉得。在我们的眼前隐约地现出那光明美丽的未来的远景。我们到了四川路的中国旅行社，我说："进去问问票子罢。"我们就进去了。

"哪天走？"

"今天晚上。"

我没有踌躇地回答。出了门，我才想起：今天晚上就要走了。这个时候我突然感到把时间浪费在火车上、轮船中是一件怎样不幸的事情。

行李是临时收拾的，也花不了许多时间。周夫妇送我到车站时，不过十点多钟，可是火车要到十二点钟才开出。我是一个漂流惯了的人，本来用不着人送我到车站，但是周夫人说："一个人走，冷清清的，没有人送，很可怜。"我也不能够拒绝他们。

在月台上我们找到了梅，他在那里等我，现在谁也不会觉得寂寞了。周提着我的藤包，我们上了车。

车厢里客人很少，有许多空座位。我从藤包里取出了薄被在长凳上摊开来，心里想一定可以畅快地睡一夜了。

平常朋友们在一起大家总有许多话谈，这时候我们对坐着，我却觉得说话是一件不容易的事情。我们让时间在沉默中过去，于是周夫妇下车了，于是梅也下车了。接着火车的轮子动起来，我的旅程又开始了。

车厢里的人突然加多了，我只好把薄被卷起来，睡觉的事成了渺茫的梦，这个晚上我就在人堆里糊里糊涂地混了一夜。对面一位乘客整夜开着窗，风就对着我吹，煤灰堆满了我的脸，使我的眼睛睁不开来。但也终于过去了。

第二天八点钟以前火车到了南京。天落着雨，早晨的空气很冷。但是我不得不跟着众人下车，冒着雨走到江边的轮渡上，拥挤在前舱里一张帆布篷下面。

小火轮一开，风就大起来，雨点全打在我的身上，我只得掉转身子，但是裤子却给打湿了。这狼狈的情形如果给朋友们看见，一定会引起他们发笑。

到了浦口，进了月台，我找不着火车，站在月台上只觉得身子冷。过了好些时候，终于看见火车来了。月台上突然热闹起来。在一阵拥挤之后，我进了三等车厢，在那里找到一个好座位，就高兴地坐下来，把藤包放在头上的架子上面。我的薄被又在长椅上摊开了。

火车在细雨蒙蒙中离开了浦口，时候是十一点钟。我没有留我的脚迹在南京，我是有遗憾的。在南京我有好几个朋友，我本来应该去看看他们，本来应该分出一些时间和他们在一起度过，但是雨把我阻止了。尤其使我挂念的是那个害肺病的朋友[①]和他的夫人。他最近还写信给我说：“你的心灵的纯洁，生活的洒脱，只要在我得到一刻沉静的时候，我便追怀着你：我是渐埋渐深的成了一个泥人了。我常常希望着因为我有痼疾而早结束了我的生命。”去年我在北平承他款待了一个多星期，和他在一张床上度过了那些夜晚，听了他多少次的咳声和梦呓，我留下在颐和园买来的一对石球在那间公寓的小屋里就走了。我带走的他的印象到现在还没有褪色，依旧是去年那样地鲜明：心灵的纯洁，只有他可以受这个评语。但是没有人了解他。他如今在艰苦的生活的斗争里、社会的轻视的眼光下一天一天地衰弱下去了。我每次读着他那些混合着血和泪的散文，我的整个心灵都被扰乱了。我常常在心里狂叫着：他是不能够死的，他应该活下去，强健起来，去享受生活里的幸福。但是谁能够使这愿望实现呢？

我的思想像车轮那样地转动着。雨却渐渐地小了。到了一个站，雨完全住了。天气依旧不好。我的心上的重压也没有减轻。但是火车又向前开行了，就像一只怒吼的饥饿的猛兽。

车里的客人并不多，好些座位都空着，一个人可以占据一张椅子。车是新的，而且洗刷得很干净，有百叶窗。我对面一个老客人不时地发出了惊讶的赞叹。

后来天气变好了，太阳从云里露出脸来。车窗外有树木，有田野，有山，但是我时时刻刻都记着我是往北方走了。

人一往北方走，就会觉得自己是一刻一刻地变老了，尤其是对于离开广东不久的我。见惯了南国的乡村，吃惯了南国的食

---

① 指散文作家缪崇群。

物，呼吸惯了南国的空气以后，这感觉是特别锐敏的。南国的碧绿的榕树，在这里是看不见的了。这里的一切景物都给罩上了古老的、沉重的暗影，我找不到一点南方的轻快、活泼的颜色。

津浦路沿途的车站是值得注意的。每个大站都有它自己的独特的样式，虽然同是西洋风味的旧建筑物，但没有两个是相同的，有的车站竟使人联想到教堂。

车上的生活很沉闷，很单调。乘客多的时候还可以看到一些不寻常的事情。去年那一次的旅行里我就看见了不少。譬如，一个老妇因为没有车票就被赶出车厢，在扶梯边的走廊上蹲着，让夜晚的冷风吹打。又如，一个土匪上车来捉一个替人送款的忠厚的农民，农民几乎被他拖下车去，却给一个车警来打救了，土匪就在火车驶行的当儿跳了下去。

这一次我什么都看不见，也听不到什么值得注意的谈话。到了站，乘客上下，或者向小贩买食物，这是很平常的事情。两角钱一只烧鸡，一角钱几个梨子，这是最受人欢迎的食物。时间过得很慢，但是也很平淡地过去了。夜晚我幸运地睡了一个好觉，第二天早晨醒来，火车已经过了济南。

窗外北方的平原是可爱的，虽然树木少，虽然只有一点光秃的山，但也可以给人引起另一种感觉。沉着，朴实，没有一点夸张，没有一点掩饰，北方的景物就像北方的人，他们沉默地挑起生活的担子，坚忍地跟困难斗争，一直到死不发出一声叫唤。

在山东境内某一个车站旁边，人们搭了草棚开“追悼大会”。会已经开过了，剩下来对联、供桌和遗像。据说追悼的是前次劫车中被害的车警。原来两个多星期以前，津浦车曾经在这附近给土匪抢过一次。

下午五点多钟火车到了天津东站。我在上海中国旅行社买票时，曾为了“东站”和“总站”的问题把卖票员麻烦了好一阵，那里只有到天津东站的车票，我当时却以为火车先到“东站”后到“总站”，现在才知道是我自己弄错了。

1933 年 9 月在天津

一个车夫

这些时候我住在朋友方的家里。

有一天我们吃过晚饭，雨已经住了，天空渐渐地开朗起来。傍晚的空气很凉爽。方提议到公园去。

“洋车！洋车！公园后门！”我们站在街口高声叫道。

一群车夫拖着车子跑过来，把我们包围着。

我们匆匆跳上两部洋车，让车夫拉起走了。

我在车上坐定了，用安闲的眼光看车夫。我不觉吃了一惊。在我的眼前晃动着一个瘦小的背影。我的眼睛没有错。拉车的是一个小孩，我估计他的年纪还不到十四。

“小孩儿，你今年多少岁？”我问道。

“十五岁！”他很勇敢、很骄傲地回答，仿佛十五岁就达到成人的年龄了。他拉起车子向前飞跑。他全身都是劲。

“你拉车多久了？”我继续问他。

“半年多了。”小孩依旧骄傲地回答。

“你一天拉得到多少钱？”

“还了车租剩得下二十吊钱！”

我知道二十吊钱就是四角钱。

“二十吊钱，一个小孩儿，真不易！”拉着方的车子的中年车夫在旁边发出赞叹了。

“二十吊钱，你一家人够用？你家里有些什么人？”方听见小孩的答话，也感到兴趣了，便这样地问了一句。

这一次小孩却不作声了，仿佛没有听见方的话似的。他为什么不回答呢？我想大概有别的缘故，也许他不愿意别人提这些事情，也许他没有父亲，也许连母亲也没有。

“你父亲有吗？”方并不介意，继续发问道。

“没有！”他很快地答道。

“母亲呢？”

“没有！”他短短地回答，声音似乎很坚决，然而跟先前的显然不同了。声音里漏出了一点痛苦来。我想他说的不一定是真话。

“我有个妹子，”他好像实在忍不住了，不等我们问他，就自己说出来；“他把我妹子卖掉了。”

我一听这话马上就明白这个“他”字指的是什么人。我知道这个小孩的身世一定很悲惨。我说：

“那么你父亲还在——”

小孩不管我的话，只顾自己说下去：“他抽白面，把我娘赶走了，妹子卖掉了，他一个人跑了。”

这四句短短的话说出了一个家庭的惨剧。在一个人幼年所能碰到的不幸的遭遇中，这也是够厉害的了。

“有这么狠的父亲！”中年车夫慨叹地说了。“你现在住在哪儿？”他一面拉车，一面和小孩谈起话来。他时时安慰小孩说：“你慢慢儿拉，省点儿力气，先生们不怪你。”

“我就住在车厂里面。一天花个一百子儿。剩下的存起来……做衣服。”

“一百子儿”是两角钱，他每天还可以存两角。

“这小孩儿真不易，还知道存钱做衣服。”中年车夫带着赞叹的调子对我们说。以后他又问小孩：“你父亲来看过你吗？”

“没有，他不敢来！”小孩坚决地回答。虽是短短的几个字，里面含的怨气却很重。

我们找不出话来了，对于这样的问题我还没有仔细思索过。在我知道了他的惨痛的遭遇以后，我究竟应该拿什么话劝他呢？

中年车夫却跟我们不同。他不假思索，就对小孩发表他的道德的见解：

“小孩儿，听我说。你现在很好了。他究竟是你的天伦。他来看你，你也该拿点钱给他用。”

“我不给！我碰着他就要揍死他！”小孩毫不迟疑地答道，语气非常强硬。我想不到一个小孩的仇恨会是这样的深！他那声音，他那态度……他的愤怒仿佛传染到我的心上来了。我开始恨起他的父亲来。

中年车夫碰了一个钉子，也就不再开口了。两部车子在北长街的马路上滚着。

我看不见那个小孩的脸，不知道他脸上的表情，但是从他刚才的话里，我知道对于他另外有一个世界存在。没有家，没有爱，没有温暖，只有一根生活的鞭子在赶他。然而他能够倔强！他能够恨！他能够用自己的两只手举起生活的担子，不害怕，不悲哀。他能够做别的生在富裕的环境里的小孩所不能够做的事情，而且有着他们所不敢有的思想。

生活毕竟是一个洪炉。它能够锻炼出这样倔强的孩子来。甚至人世间最惨痛的遭遇也打不倒他。

就在这个时候，车子到了公园的后门。我们下了车，付了车钱。我借着灯光看小孩的脸。出乎我意料之外，它完全是一张平凡的脸，圆圆的，没有一点特征。但是当我的眼光无意地触到他的眼光时，我就大大地吃惊了。这个世界里存在着的一切，在他的眼里都是不存在的。在那一对眼睛里，我找不到承认任何权威的表示。我从没有见过这么骄傲、这么倔强、这么坚定的眼光。

我们买了票走进公园，我还回过头去看小孩，他正拉着一个新的乘客昂起头跑开了。

1934 年 6 月在北平

过　年

书桌放在窗前，每天我坐在这里，望着时光悄悄地走过去。看着，看着，又到了年终的时候。我的心海里涌起了波涛。

一年一年这样地过去，人渐渐地老起来，离坟墓越来越近。这是事实，然而使我如此感动的原因却不是这个。我是在悔恨我自己又把这一年大好的光阴白白地浪费了。不过我并不因此而有什么感伤。悔恨和感伤是不同的。

过去的年华像一座一座的山横在我后面。假使我回过头去，转身往后面走，翻越过一座山又一座山，我就会看见我的童年。事实上我有时候也作过这样的旅行。于是我在一座山的脚下站住了。

在我这个房间里不是常有小孩来玩么？六岁的，四岁的，三岁的。他们今天忘了昨天的事，甚至下午就忘了午前的事情。一分钟哭，过一分钟又笑。他们的世界是何等的简单！我最近也曾略略地研究过他们的心理，虽然不能说很了解，但是像一个狂信者那样地做着自己想做的事情：这种态度我倒有些明白。有一个时候我也曾经是这样的孩子！

旧历大年初二，母亲出去拜客了。我穿着臃肿的黄缎子棉袍和花缎棉鞋，一个人躲在花园后面一个小天井里燃放着老鼠之类的花炮，不知道怎样竟将自己的棉鞋烧起来了。我当时不知道自己脱鞋，却只顾哭着叫人，等到老妈子来时，右脚上已经烧烂了一块，以后又误于庸医，于是躺在床上呻吟了两三个月。我后来身体不健康，跟这件事情多少有点关系。

但是不管这个，我当时仍然过得很幸福，脚一好我也就把那件事情忘掉了。我一天关在书房里念那些不懂的书，一有机会就溜出来玩，到年底听说要放年假，心里的快活简直是无法形容的。孩子们喜欢新年，因为新年里热闹，而且可以毫无顾忌地痛快玩个十多天。

在那些时候我做过种种黄金似的好梦；但是我决不曾想到世界上会有这种种的事情，像我现在所看见的。那时我也曾有过能够早早长大的愿望。但是长大到了现在，孩童时代的幻梦都跟着年光流去了，只剩下这一颗满是创伤的心。而且当时我所爱过、恨过的人大半都早已安睡在寂寞的坟墓里面了。我是踏着尸骸走过长途，越过万重山而达到现在这个地方的。

黄金的童年啊！如果真像一般人那样感叹地这么想着，那真是“往事不堪回首”了！

所以四十几年前逝世的俄国诗人拉特松[①]有过一首叫做《床边》的诗：

> 孩子，在温暖、柔软的小床中，
> 你在梦中发出了这样的低语：
> “啊，上帝啊，我什么时候才会长大呢？
> 啊，只要人能够生长得更快一点啊！
> 那些讨厌的功课，我不要再学了，
> 那些讨厌的琴调我不要再练了；
> 我要常常去找朋友们玩呢，
> 我要常常到花园里去散步呢！”
> 我正埋着头做事，便带了忧郁的微笑，

① 谢·雅·拉特松（С. Я. НасдоН，1862—1887）俄罗斯诗人。

默默地倾听着你的话语……

睡吧！我的宝贝，趁你还在父亲的保护下不曾知道世间种种烦恼的时候……

睡吧，我的小鸟儿！那严酷的时光
无情地快快飞去了，并不肯等着谁……
生活常常是一副重担。
光荣的童斗就像一个假日，会去得很快……
要是我能和你掉换一下，那是多么快活：
我只愿能像你那样快乐，歌唱，
我只愿能像你那样高兴地笑，
吵闹地玩，无忧无虑地四处观看！

这不是在译诗，这只能算是直译俄文的意思。我奇怪拉特松怎么会写出这样的诗！他一共不过活了二十五岁，即使这诗是临死的那年写的，也嫌早了一点。二十五岁的人无论如何不应该说这样的话。他死得早，大概因为他的心被这种忧郁蚕食了。

我跟他不同。我虽然有“一颗满是创伤的心”，但是我仍愿带着这颗心去走险途。我并不愿意年光倒流重返到儿时去，纵使这儿时真如一般人所说，是梦一般的美丽。孩子是生活在这个世界里而看不见这个世界的人。但这个世界存在而且支配着他的事实，却是铁铸一般地无可改变的。

做一个盲人好呢？还是做一个因为有眼睛而痛苦的人？我当然选取后者。而且我还想为这种痛苦做一点点事情。

在这一点上我倒应该给拉特松一个公道。因为先前忘记说下去，在中途便停止了。拉特松也写过像《那些心里还存在着对于黎明的将来的愿望的人，醒来吧！》（多么长的一个题目！）一类的诗，有着“和夜的黑暗斗争，好让阳光重新普照大地”的句子。并且据说拉特松有一个时期也很为青年们所欢迎，他的诗集也销过二三十版，因为他表现了当时青年的热望——爱被虐待受侮辱的同胞，为崇高的理想，为自由、平等、博爱而奋斗。但可惜的是那些诗我还不曾有机会读过。他的诗我只读了四首。

算到现在为止，我已经比拉特松多活了好几年了。我对于同时代的青年的热望，又做过什么事情呢？我们这时代的青年的热望不也就是——爱那被虐待受侮辱的同胞，为自由、平等、博爱而奋斗吗？

固然我写过几本小说之类的东西（我只说类似小说，因为也许有些正统派的小说家从艺术的观点来看，说它们并不是小说），但那是多么微弱的呼声啊！所以在回顾快要过去的一九三四年的时候，我又不觉为这一年光阴的浪费而感到痛悔了。

做孩子的时候，每到元旦，总要给父亲逼着在红纸条上写几个恭楷字，作为元旦试笔。如今父亲已经在坟墓里做了十几年的好梦，再也没有人来逼我写这一类的东西了。想到这里我似乎应当有一点点感伤。但是我并没有。也许我这颗心给生活的洪炉炼成了钢铁了。

1934 年 12 月在横滨

静寂的园子

没有听见房东家的狗的声音。现在园子里非常静。那棵不知名的五瓣的白色小花仍然寂寞地开着。阳光照在松枝和盆中的花树上，给那些绿叶涂上金黄色。天是晴朗的，我不用抬起眼睛就知道头上是晴空万里。

忽然我听见洋铁瓦沟上有铃子响声，抬起头，看见两只松鼠正从瓦上溜下来，这两只小生物在松枝上互相追逐取乐。它们的绒线球似的大尾巴，它们的可爱的小黑眼睛，它们颈项上的小铃子吸引了我的注意。我索性不转睛地望着窗外。但是它们跑了两三转，又从藤萝架回到屋瓦上，一瞬间就消失了，依旧把这个静寂的园子留给我。

我刚刚埋下头，又听见小鸟的叫声。我再看，桂树枝上立着一只青灰色的白头小鸟，昂起头得意地歌唱。屋顶的电灯线上，还有一对麻雀在吱吱喳喳地讲话。

我不了解这样的语言。但是我在鸟声里听出了一种安闲的快乐。它们要告诉我的一定是它们的喜悦的感情。可惜我不能回答它们。我把手一挥，它们就飞走了。我的话不能使它们留住，它们留给我一个园子的静寂。不过我知道它们过一阵又会回来的。

现在我觉得我是这个园子里唯一的生物了。我坐在书桌前俯下头写字，没有一点声音来打扰我。我正可以把整个心放在纸上。但是我渐渐地烦躁起来。这静寂像一只手慢慢地挨近我的咽喉。我感到呼吸不畅快了。这是不自然的静寂。这是一种灾祸的预兆，就像暴雨到来前那种沉闷静止的空气一样。

我似乎在等待什么东西。我有一种不安定的感觉，我不能够静下心来。我一定是在等待什么东西。我在等待空袭警报；或者我在等待房东家的狗吠声，这就是说，预行警报已经解除，不会有空袭警报响起来，我用不着准备听见凄厉的汽笛声（空袭警报）就锁门出去。近半月来晴天有警报差不多成了常例。

可是我的等待并没有结果。小鸟回来后又走了；松鼠们也来过一次，但又追逐地跑上屋顶，我不知道它们消失在什么地方。从我看不见的正面楼房屋顶上送过来一阵哇哇的乌鸦叫。这些小生物不知道人间的事情，它们不会带给我什么信息。

我写到上面的一段，空袭警报就响了。我的等待果然没有落空。这时我觉得空气在动了。我听见巷外大街上汽车的叫声。我又听见飞机的发动机声，这大概是民航机飞出去躲警报。有时我们的驱逐机也会在这种时候排队飞出，等着攻击敌机。我不能再写了，便拿了一本书锁上园门，匆匆地走到外面去。

在城门口经过一阵可怕的拥挤后，我终于到了郊外。在那里耽搁了两个多钟头，和几个朋友在一起，还在草地上吃了他们带出去的午餐。警报解除后，我回来，打开锁，推开园门，迎面扑来的仍然是一个园子的静寂。

我回到房间，回到书桌前面，打开玻璃窗，在继续执笔前还看看窗外。树上，地上，满个园子都是阳光。墙角一丛观音竹微微地在飘动它们的尖叶。一只大苍蝇带着嗡嗡声从开着的窗飞进房来，在我的头上盘旋。一两只乌鸦在我看不见的地方叫。一只黄色小蝴蝶在白色小花间飞舞。忽然一阵奇怪的声音在对面屋瓦上响起来，又是那两只松鼠从高墙沿着洋铁滴水管溜下来。它们跑到那个支持松树的木架上，又跑到架子脚边有假山的水池的石栏杆下，在那里追逐了一回，又沿着木架跑上松枝，隐在松叶后面了。松叶动起来，桂树的小枝也动了，一只绿色小鸟刚刚歇在那上面。

狗的声音还是听不见。我向右侧着身子去看那条没有阳光的窄小过道。房东家的小门紧紧地闭着。这些时候那里就没有一点声音。大概这家人大清早就到城外躲警报去了，现在还不曾回来。他们回来恐怕在太阳落坡的时候。那条肥壮的黄狗一定也跟着他们“疏散”了，否则会有狗抓门的声音送进我的耳里来。

我又坐在窗前写了这许多字。还是只有乌鸦和小鸟的叫声陪伴我。苍蝇的嗡嗡声早已寂灭了。现在在屋角又响起了老鼠啃东西的声音。都是响一回又静一回的，在这个受着轰炸威胁的城市里我感到了寂寞。

然而像一把刀要划破万里晴空似的，嘹亮的机声突然响起来。这是我们自己的飞机。声音多么雄壮，它扫除了这个园子的静寂。我要放下笔到庭院中去看天空，看那些背负着金色阳光在蓝空里闪耀的灰色大蜻蜓。那是多么美丽的景象。

1940 年 10 月 11 日在昆明

大黄狗

早晨园子外面意外地响起一阵狗叫。大概是邻家那条黑白花的狗的叫声。我想起了这里的大黄狗。我好几天没有看见它了。

往常，敌机还不曾飞到这个城市来投炸弹的时候，清早我起身不久，就会听见房东家通园子的小门依呀地一响，一条大黄狗带着快乐的叫声从窄小的过道奔进园子来。它并不挨近园中花草，也不去寻找食物。它的第一个工作便是到掩着的园门口大声叫唤，一面用嘴和脚去推动园门，想把门拨开。然而门是扣上了的，它忙了一阵，还是没有办法。有时候它居然把扣子摇脱了，但是房东家的小孩马上走来把扣子扣上。所以它始终打不开那两扇红漆的木门。不过它从门缝也可以嗅到外面的空气，瞥见外面世界的景象。

它每天总要在门口徘徊好些时候，有两三次它还带着求助似的吼声用力抓那木门。但是门始终关着，没有人来给它帮忙。它又望着门狂吠一会儿，然后绝望地转身往园内跑。它经过我的房门，跑到后面园子里去。后面的园子比较大，那里还有房东为他们一家人建筑的防空室。可是它在那个地方只跑了两转，房东家的小孩就走来把它唤了进去。于是小门一闭，园子里又寂然了。

在上月三十日的大轰炸以后，一连几天园子里都没有狗的脚迹。我上午照例在房里读书写字等警报。有时我把疲倦的头从桌上抬起，就想起了大黄狗抓园门的事情。听不见那样的声音，我觉得寂寞。

東明草堂
山中雲在意入
江上風生浪作

昨天早晨，我刚刚在书桌前坐下，就听见房东家小门打开的声音。我想，大黄狗该出来罢。它果然箭也似的飞奔出来了。

虽然离开了几天，它还是没有忘记它的日课。它进园来第一件事就是抓门。自然这不会有结果。不过这一次它的渴望似乎更大了。它不住地拼命推门，它好像抱了不把门推倒不停止的决心似的。可是它刚刚把扣子摇脱，房东家的小孩就立刻跑来扣上，而且等它刚转身往后园里跑去，那个小孩便将它赶进过道，赶进小门，使它的影子消失在依呀的闭门声里。

我想到那条得不着自由的狗的失望，心里非常不舒服。我又记起它好几次带着和善的表情望着我叫的事。两个月来它从没有用过凶恶的眼光看我。它或许是把我当作朋友来向我求助也未可知。可惜我不懂它的语言，不能够给它帮忙。我明白自由是一个生物所不可缺少的东西，不说人，便是狗也知道爱自由。然而我却不能够帮助一条狗得到自由。

写完以上的话，我又因为空袭警报跑到郊外。今天看到了可怖的轰炸。下午五点钟回到城里，在灾区走了一转，触目尽是断瓦颓垣。一个朋友告诉我，他在一间倒下的房屋前面看见一条狗的尸首，连肚肠都露在外面。

晚间我回到园子里，迎着我的只有冷冷的月光和蟋蟀的悲鸣。我站在松树下水池旁边，想起了那条爱自由的大黄狗。我不知道它是否也会得到这样的结果。我还记得它的面貌，尤其是在它和善地望着我的时候，它就像一位长发、长眉、长须的老人。

1940年10月13日在昆明

鸟的天堂

我们在陈的小学校里吃了晚饭。热气已经退了。太阳落下了山坡，只留下一段灿烂的红霞在天边，在山头，在树梢。

“我们划船去!”陈提议说。我们正站在学校门前池子旁边看山景。

“好。”别的朋友高兴地接口说。

我们走过一段石子路，很快地就到了河边。那里有一个茅草搭的水阁。穿过水阁，在河边两棵大树下我们找到了几只小船。

我们陆续跳在一只船上。一个朋友解开绳子，拿起竹竿一拨，船缓缓地动了，向河中间流去。

三个朋友划着船，我和叶坐在船中望四周的景致。

远远地一座塔耸立在山坡上，许多绿树拥抱着它。在这附近很少有那样的塔，那里就是朋友叶的家乡。

河面很宽，白茫茫的水上没有波浪。船平静地在水面流动。三只桨有规律地在水里拨动。

在一个地方河面变窄了。一簇簇的绿叶伸到水面来。树叶绿得可爱。这是许多棵茂盛的榕树，但是我看不出树干在什么地方。

我说许多棵榕树的时候，我的错误马上就给朋友们纠正了，一个朋友说那里只有一棵榕树，另一个朋友说那里的榕树是两棵。我见过不少的大榕树，但是像这样大的榕树我却是第一次看见。

我们的船渐渐地逼近榕树了。我有了机会看见它的真面目：是一棵大树，有着数不清的枢枝，枝上又生根，有许多根一直垂到地上，进了泥土里。一部分树枝垂到水面，从远处看，就像一棵大树躺在水上一样。

现在正是枝叶繁茂的时节（树上已经结了小小的果子，而且有许多落下来了）。这棵榕树好像在把它的全部生命力展览给我们看。那么多的绿叶，一簇堆在另一簇上面，不留一点缝隙。翠绿的颜色明亮地在我们的眼前闪耀，似乎每一片树叶上都有一个新的生命在颤动，这美丽的南国的树！

船在树下泊了片刻，岸上很湿，我们没有上去。朋友说这里是"鸟的天堂"，有许多只鸟在这棵树上做窝，农民不许人捉它们。我仿佛听见几只鸟扑翅的声音，但是等到我的眼睛注意地看那里时，我却看不见一只鸟的影子。只有无数的树根立在地上，像许多根木桩。地是湿的，大概涨潮时河水常常冲上岸去。"鸟的天堂里没有一只鸟，我这样想道。船开了。一个朋友拨着船，缓缓地流到河中间去。

在河边田畔的小径里有几棵荔枝树。绿叶丛中垂着累累的红色果子。我们的船就往那里流去。一个朋友拿起桨把船拨进一条小沟。在小径旁边，船停住了，我们都跳上了岸。

两个朋友很快地爬到树上去，从树上抛下几枝带叶的荔枝，我同陈和叶三个人站在树下接。等到他们下地以后，我们大家一面吃荔枝，一面走回船上去。

第二天我们划着船到叶的家乡去，就是那个有山有塔的地方。从陈的小学校出发，我们又经过那个"鸟的天堂"。

这一次是在早晨，阳光照在水面上，也照在树梢。一切都显得非常明亮。我们的船也在树下泊了片刻。

起初四周非常清静。后来忽然起了一声鸟叫。朋友陈把手一拍，我们便看见一只大鸟飞起来，接着又看见第二只，第三只。

我们继续拍掌。很快地这个树林变得很热闹了。到处都是鸟声，到处都是鸟影。大的，小的，花的，黑的，有的站在枝上叫，有的飞起来，有的在扑翅膀。

我注意地看。我的眼睛真是应接不暇，看清楚这只，又看漏了那只，看见了那只，第三只又飞走了。一只画眉飞了出来，给我们的拍掌声一惊，又飞进树林，站在一根小枝上兴奋地唱着，它的歌声真好听。

“走罢。”叶催我道。

小船向着高塔下面的乡村流去的时候，我还回过头去看留在后面的茂盛的榕树。我有一点留恋的心情。昨天我的眼睛骗了我。“鸟的天堂”的确是鸟的天堂啊！

1933 年 6 月在广州

我的故事

我在大太阳下面跑了半天的路，登了五十级楼梯，到了一个地方[①]，刚刚揩了额上的汗珠坐下，你的信就映入我的眼帘。我拆开信封，你那陌生而古怪的笔迹刺着我的眼睛。我看了几个字，把信笺放回到信封里；我又去拆第二封信。……我把别的几封信都匆忙地读了，同你的信一起放在衣袋里。我和这个地方的人说了几句话，便又匆匆地走下五十级楼梯，跑到街心去了。刚好前面停着一辆无轨电车，我一口气跑了过去。车子正要开动，我连忙跳了上去。车厢里人很少，我占着宽敞的座位。过了一会儿，我的心的跳动渐渐地恢复了常态，我可以把思想集中在一件事情上面了，我便取出你的信来，仔细地但很费力地读了一遍，我不曾遗漏一个字，甚至写在你的名字下面的日期。那么一个悲痛的日子[②]！我不会把它忘掉。在你的名字上面写着的“一个小孩子”五个字，使我深深地感动。

电车到了一个站头，我下了车。我半跑半走地到了另一个地方，又登上几十级楼梯，在一个窄小的编辑室[③]里坐下来，我开始校对一篇我的稿子，就是那个悲痛的日子的文章[④]。关于那个日子我应该写一篇有力的东西。但是文句从我的笔下流到纸上，

---

① 一个地方：指当时的文化生活出版社，在上海福州路 436 号三楼。

② 指 9 月 18 日。

③ 编辑室：指当时在北四川路的良友图书公司的编辑室。

④ 文章：指《文季月刊》（良友公司发行）1936 年 9 月号的卷头语。

却变成多么软弱的句子了。生在这个时代，连我们的手和我们的舌头都似乎被什么东西钳住了似的，然而我们却尽管昂着头得意地走在街上说我们是自由的人！我校完那篇短文，我望着镶在它四周的宽黑边，一阵暗云在我的眼前飞过，我的心变得沉重起来。甚至那油墨印出的字迹也在对着我哭泣了。我不能够忍耐。我反抗地把校样折起发回给排字工人，我反抗地做出笑脸，对朋友们说了好几句话。于是有人来通知说，一个从乡下来的朋友在下面等着见我。我便走了下去。

四年的分别使我几乎不认识那个年轻友人了。四年前我和他有过一次谈话的机会。后来他托一位朋友转给我一只剥制过的小鳄鱼。那个热带动物至今还爬在我的书架上。它的尾巴被一个朋友的小孩折断了一节，但是它的口还凶恶地大大张开。我每次望着它那个好像要把我吞下去的大嘴，就想起了南国灿烂的阳光、明亮的河流、长春的树木，尤其是那些展示了生命之丰富与美丽的大树。我的寒冷的房间因此渐渐地暖起来。这温暖也曾帮助我写成一些文章。我感谢那个朋友，但是我却没有机会向他表示谢忱。这一天我见到他。我们到附近一个咖啡店①里去谈了一个多钟头。他是从炎热的南洋来的，在那边他每天都喝咖啡，可是现在他说他不大喝它了。我从前看见他的时候，他似乎是一个健谈的人，如今他却不大开口了。每一次我闭了嘴看他，他的眼光停在我的脸上，他脸上的肌肉微微地动着，嘴也微微地动着，他似乎有许多不寻常的话要说出来。但是他只说了三四句寻常的话又沉默了。我很了解他：他不愿意回到守旧的乡村，想在都市里找到一个职业，只求能够简单地生活下去，为社会做一点有益的事情，为自己求得更多的学识。他这样一个大学毕业生找职业，要求并不高，但是这个社会上到处都是墙壁，没有一道门为他开过

---

① 咖啡店：指街角的“安乐园”。当时有人找我或靳以谈话，我们常常约他或她在那里见面。

半扇。我后来问过一个朋友，得到的回答是："大学毕业生，不敢碰。"别人以为"小事情不敢请大学生屈就"，而大事情却又被有势力的人"捷足先登"了。这是一个普遍的悲剧。在我们这个国家里要个别地找到个人的出路，似乎很艰难。我怀着痛苦的心情勉强做出笑容，对这位朋友说了不少安慰和鼓励的话。他好像渐渐地兴奋起来了。但是从咖啡店出来，我和他在街口握手告别的时候，我仔细地回想到刚才对他说的那些话，我又有一种痛苦不安的感觉。我的那些话对他能够有什么帮助呢？我不是白白地浪费了他的光阴么？

我回到编辑室，看见写字桌上有一封从北方来的信，也是一个不认识的朋友写的，我拆开信，取出那几张作为信笺的稿纸，我忽然胆怯起来，我不敢看它们，我就把它们揣在怀里。过了一阵一个电话打来，要我再到我先前离开的那个地方去，有人在那里等我。我匆忙地走到无轨电车的站头。无轨电车又把我带到先前来过的地方。我又登了五十级楼梯走到三层楼上。在这里我和不曾约定而无意间碰在一起的几个朋友，谈了将近一个多钟头的闲话。我又应该回到一点多钟前离开的那个地方去。因为那边还有朋友等着我一道吃饭，现在是吃饭的时候了。我从这里邀了一个朋友和我同去。

我们到了一家广东饭馆①，另一个朋友②交了一封信给我。一位患着肺病而不得不在南京一个机关里当小职员的友人③用快信告诉我，他的太太死了。一个影子在我的眼前掠过。我恍惚地看见了死的面影。我的心变得沉重了。我和这位友人两年多不通信了，和他的太太分别还是四年前的事。我记得很清楚：在北平的一个秋天的傍晚，那位脸颊红红的年轻太太，从她的母家小心翼

---

① 广东饭馆：指北四川路虬江路口的"新雅"。

② 另一个朋友：指靳以。

③ 友人：指缪崇群。

翼地抱了新缝的铺盖到公寓里来，那情景还非常鲜明地现在我的眼前。这一对病弱的夫妇给了我不少的友情的温暖。我更不能忘记他们送我到车站的情景，那一天我们谈了许多话，但以后这些都成了春梦。我离开了他们，飘游了不少的地方，回到上海住了将近一年以后，在这个上海的秋天的傍晚，却意外地得到他的信，知道他的太太“在上月二十五日傍晚已经死去了，她想挣扎却再也不能挣扎地向生活永诀了”。那位朋友接着还说：“她临死的时候还说：她死，我将是世界上一个最飘泊的人，我飘泊到什么地方去，又为什么要飘泊，她就没有给我接说，连我也不知道!”

我反复地读着信，我几乎当着几个朋友的面流下眼泪来，但是我终于用绝大的努力忍住了。我甚至开始大声说笑话。我似乎完全忘记了朋友的事情。然而在我的眼前还不时晃动着那两片红红的脸颊，和那一张苍白色的瘦削的脸。

我们在饭馆里坐了一个多钟头，安静地走出来，看见街上飞驰的兵车和惊慌的行人，才知道一个重大的“事件”突然发生了。一些市街在“友邦”军队①的警戒下断绝了交通。我看见了不少的枪刺，绕了不少的圈子，并且靠了一个黄包车夫的帮助，才回到了家。我怀着激动的心情，给他写了回信②。我还继续写我的长篇小说③。这些时候外面静得如在一座古城，只有一些兵车的声音来打破这窒息人的沉寂。我一直写到深夜四点多钟。

朋友，你看，对于你那两页信笺我所能答复的就只是这最后的两行。(你说：“我很愿意知道你现在的情形，告诉我一些关于你的故事吧。那么我们中间会了解的。”) 我只能够简略地告诉你一点点我的生活情形。你看我是一个多么软弱无力的人，而且我过的又是多么平凡的生活啊!

---

① “友邦”军队：指日本海军陆战队。

② 回信：见《答一个北方青年朋友》。

③ 长篇小说：指《春》，当时在《文季月刊》上连载。

你说："我永远忘不了从你那里得来的勇气。"你说："你给了我生活的勇气。你给了我战斗的力量。"朋友，你把我过分地看重了。倘使你真的有那勇气，真的有那力量，那么应该说是社会把你磨练出来的。你这个"陌生的十几岁的女孩"，你想不到现在是你给了我勇气，使我写出上面那些事情的。那么让我来感谢你吧。①

1936 年 9 月

① 在删去了那封短信《我的路》（1936 年 10 月写）的开头，我还写过这样的话："的确我不应该用这么软弱的信来回答一个充满热情和勇气的孩子。我那封信的结尾本来应该照下面的样子写的：

'你说："我永远忘不了从你那里得来的勇气。"你说："你给了我生活的勇气。你给了我战斗的力量。"朋友，你把我过分地看重了。倘使你真的有那勇气，真的有那力量，那么应该说是社会把你磨练出来的。你这个"陌生的十几岁的女孩"，倒是你说了正确的话："去年一二·九学生运动的高潮把我鼓舞起来，使我坚决地走上民族解放斗争的路途！在这半年的战斗中，我得着不少的活知识与宝贵的经验。我抛弃了个人主义的孤立状态而走向集体的生活当中。我爱群众，我生活在他们中间。是的，我要把个人的幸福建筑在劳苦大众的幸福上。我要把我的生命和青春献给他们。"你看，现在是你给了我勇气使我写出上面那些事情的。那么让我来感谢你吧。"

但是我遗漏了那一段极其重要的话。今天我反复地读它，我倒为这个重要的遗漏而感到苦恼了。（下略）

我的心

近来不知道什么缘故这颗心痛得更厉害了。

我要向我的母亲说："妈妈，请你把我这颗心收回去罢，我不要它了。记得你当初把这颗心交给我的时候，你对我说过：'你的爸爸一辈子拿了它待人，爱人，他和平安宁地过了一生。他临死把这颗心交给我，要我将来在你长成的时候交给你，他说："承受这颗心的人将永远正直，幸福，而且和平安宁地度过他的一生。"现在你长成了，那么你就承受了这颗心，带着我的祝福。到广大的世界中去罢。'这几年来我怀着这颗心走遍了世界，走遍了人心的沙漠，所得到的只是痛苦，痛苦的创痕。正直在哪里？幸福在哪里？和平在哪里？这一切可怕的景象，哪一天才会看不见？这一切可怕的声音，哪一天才会听不到？这样的悲剧，哪一天才不会再演？一切都像箭一般地射到我的心上。我的心上已经布满了痛苦的创痕。因此我的心痛得更厉害了。

"我不要这颗心了。有了它，我不能够闭目为盲；有了它，我不能够塞耳为聋；有了它，我不能吞炭为哑；有了它，我不能够在人群的痛苦中找寻我的幸福；有了它，我不能够和平地生活在这个世界；有了它，我再也不能够生活下去了。妈妈，请你饶了我罢，这颗心我实在不要，不能够要了。

"我夜夜在哭，因为我的心实在痛得忍受不住了。它看不得人间的惨剧，听不得人间的哀号，受不得人间的凌辱。它每一次跟着我游历了人心的沙漠，带了遍体的伤痕归来，我就用我的眼泪洗净了它的血迹。然而它的伤痕刚刚好一点，新的创痕又来了。有一次似乎它也向我要求了：‘你放我走罢，我实在不愿意活了。请你放了我，让我把自己炸毁，世间再没有比看见别人的痛苦而不能帮助的事更痛苦的了。你既然爱我，为何又要苦苦地留着我？留着我来受这种刺心刻骨的痛苦？’我要放走它，我决心让它走。然而它却被你的祝福拴在我的胸膛内了。

“我多时以来就下决心放弃一切。让人们去竞争，去残杀；让人们来虐待我，凌辱我。我只愿有一时的安息。可是我的心不肯这样，他要使我看，听，说：看我所怕看的，听我所怕听的，说人所不愿听的。于是我又向它要求道：‘心啊，你去罢，不要苦苦地恋着我了。有了你，无论如何我不能够活在这样的世界上了。请你为了我的幸福的缘故，撇开我罢。’它没有回答。因为它如今知道，既然它已被你的祝福系在我的胸膛上，那么也只能由你的诅咒而分开。妈妈，请你诅咒我罢，请你允许我放走这颗心去罢，让它去毁灭罢，因为它不能活在这样的世界上，而有了它，我也不能够活在这个世界上了。

“我有了这颗心以来，我追求光明，追求人间的爱，追求我理想中的英雄。到而今我的爱被人出卖，我的幻想完全破灭，剩下来的依然是黑暗和孤独。受惯了人们的凌辱，看惯了人间的惨剧。现在，一切都受够了。可是这一切总不能毁坏我的心，弄掉我的心，因为没有得到母亲的诅咒，这颗心是不会离开我的。所以为了你的孩子的幸福的缘故，请你诅咒我罢，请你收回这颗心罢。

“在这样大的血泪的海中，一个人一颗心算得什么？能做什么？妈妈，请你诅咒我罢，请你收回这颗心罢。我不要它了。”

可是我的母亲已经死了多年了。

1929 年春在上海

我的呼号

——给我的哥哥

你的车七点钟开，我不到六点三刻就离开了月台，我并不是害怕赶不上轮渡，小火轮要到七点二十分才离开浦口。你也许注意到了罢，临行我只和你松松地握了握手，淡淡地笑了笑就转身走了，我不曾回头再看你一眼。可是出了车站我却不肯走向江边，我和惠生[①]一起在长廊上慢慢地走着，我们往返地走了好几次。我们彼此都不说话。突然，火车的放汽声尖锐地冲进了我的耳朵，车轮驶动的声音接着响了起来。我知道你开始往北方走了。我的眼前模糊地现出了你的瘦脸，我的心隐隐地痛起来。我没有流泪，但是我的声音有些哑了。

“走罢。”惠生在催促，他的声音也和我的一样。我们就这样地离开了浦口。于是这十天来的生活完全消失了，我仿佛从一个长梦中醒了过来。

你回到天津去了。你还没有上车的时候，别人都说那个地方有些危险，劝你不要回到那里去，我却没有说一句劝阻的话。并不是我不知道这几天来所谓抗敌军事的变化，并不是我不顾念到你的安全。但是我更知道一件事情：你和我一样，你也是一个注定了在困苦中挣扎的人，你也没有偷安的机会和权利。生活的担子压在你的年轻的肩上，八十元一月的薪水就买去了你的全部光

---

① 惠生是我们的表弟。我的哥哥李尧林在天津南开中学教书，请假到上海来看我。我陪他游了杭州的西湖，然后送他到南京浦口，搭津浦车回天津。

阴。你没有思想的自由，你更没有行动的自由。从这十天来的谈话中我已经了解你的平淡而痛苦的生活的全部了。

“这又有什么办法呢?”你带笑地说出来的这句话里一定含得有悲哀。当你想到上面那些事情的时候，你的心会因悲愤而痛苦罢。但是你如果再一思索，想到在那一带地方还有千千万万的人民在枪炮、炸弹下面呻吟挣扎，你也许会觉得你自己的命运倒不是怎样可悲的了，你也许还会舍弃你的平淡的、痛苦的生活而投身在他们中间为他们做一些事情罢。我想你会这样做的，因为我看出来，在谈到那千千万万的人民在铁蹄下面呻吟挣扎的时候，你的被艰苦生活摧毁了的面容忽然发了光，你的疲倦的身体忽然充满了生气。我知道如今还有什么东西可以鼓动你的心。但是我怕，我怕再一个大的打击就会把你整个地打碎了。

你回到北方去了。这八年来我们聚在一起总共不上一个月。如今我要开始我的漂泊的生活。在我的想象中似乎就再没有我们安静地聚在一起的时间。昨天晚上在一个朋友的家里我曾经对你说过：我要找一个机会把我这年轻的生命拿来作孤注一掷。我想做一件痛快的事情，甚至就毁掉我的整个生活也不顾惜。当时你没有说什么，你不过微微一笑。

这情形你也许不会了解罢。“为什么应该舍弃写作的生活呢?”在你的思想里这个问题是得不着解答的。但是事实上你知道我整整三个月不曾动笔写什么了。我宁愿把时间花费在马路上，火车中，和朋友的家里来消磨我的年轻的生命。但是我所希望的机会终于连影子也不见，而外面却有人放暗箭似的在文章上说，我已经在自叹我的笔快要写完了。

自然，你是不会相信这种谣言的。我们在一起度过了将近二十年的生活，你知道我是以一颗怎样的心经历过这一切的。我的信仰和我的为人你都知道得很详细。我从没有写完过我所想写的东西，我也从没有一个时候让雾迷了我的眼睛。我到现在还活着，不曾躺下来。然而人家却拿种种的谣言来掩埋我了。对于这些谣言，我并不曾发出一声抗议。我只有苦笑，我只有呻吟。

这呻吟，这苦笑，在我的肩上堆积着，两年来它们就堆积了这么高，如今在我的身后就留下一个那么长的阴影了。我渐渐地憎恨起我的名字来。起初我说我爱我的文章。然而到现在在我的文章被人糟蹋够了以后，我也就憎恨我的文章了。我如今依旧在黑暗里挣扎，眼睛望着前面达不到的远处的光明，而我的文章差不多窒息了我的呼吸，我的名字差不多毁灭了我的信仰和我的为人。今天我不能够再苦笑了；我不能够再呻吟了。我说，这一切都应该终止了。

当初我献身写作的时候，我充满了信仰和希望。我把写作当做我的生活的一部分，我以忠实的态度走我在写作中所走的道路。我抱定决心：不做一个文人。你知道我素来就憎厌文人。我们常常说将来不要做一个文人，因为文人不是直接做掠夺者，就是做掠夺者的工具。在做小孩的时候我们就见惯了文人的丑态了。谁知道残酷的命运竟然使我自己今天也给人当作文人看待，而且把我们所憎厌的一切都加到我的身上了。造谣，利用，攻击，捧场，这两年来它们包围着我，把我包围得那么紧，使我不能呼吸一口自由的空气。有一个时候我甚至疑惑我马上就要进坟墓了。

在这种情形下面，我写出了我的《灵魂的呼号》[①]。那篇文章是去年秋天我们在天津相会时，我在你的同事的那间小屋里写成的。它在上海某杂志上发表以后，一个未见面的朋友读着竟然流下了怜悯的眼泪，他说料不到我的生活竟是如此地痛苦。

在那篇文章里我说过我要把文学生活结束了。可是我从北方回来，我的生活就陷落在更多的造谣、利用、攻击、捧场里面。

---

① 《灵魂的呼号》：即《电椅集》代序，见《文集》第七卷。

这些侮辱伴着病把我压得不能够动弹。我在病床上躺了好几天，我想到我未写小说以前的生活，我想到我在生活里所私淑的几个先生，我的心就被悔恨折磨着。一个声音在我的耳边响起来："你不能够再像这样生活下去了。你应该站起来做一个勇敢的人！"

不错，我太懦弱了！作为一个"写作的人"，我确实是太懦弱了！这两年来我让一切侮辱加到我的身上，我从不曾发出过一声抗议。我苦笑、呻吟的次数确实是太多了。我怀着一颗孩子似的幼稚的心旅行了所谓中国的文坛，我相信着一切的人，我爱着一切的朋友。于是种种使我苦笑、呻吟的事情就发生了。

我说了我没有说过的话，我做了我没有做过的事。而那些话和那些事都是和我的思想相违背的。有些人在小报上捏造了种种奇怪的我的生平。有些人在《访问记》、《印象记》等等文章里面使我变成他们那样的人，说他们心里的话。

你不知道我如今怎样地憎恨我的名字啊！有几次在不眠的夜里，我用力抓我的头发，我用力打我的胸膛。强烈的憎恨刺痛我的心，无边的黑暗包围着我。那时候我真希望能有一种力量来把我毁灭。我实在不能够忍受这种生活了。我分明爱自己的文章，然而现在我的文章却被糟蹋得使我不得不憎恨它们了。这情形就像一个母亲看见她的孩子被人摧残得失了人形。那痛苦你也应该了解罢。

现在无论如何我应该把过去的生活结束了。为了做一个真实勇敢的人，为了忠于我自己的信仰，为了使我不致有亲手割断我的生命的一天，我应该远离开那些文人，我应该投身在实际生活里面，在行动中去找力量，如我在《灵魂的呼号》中所希望的。这就是我所说的"拿生命来作孤注一掷"的意义了。

我究竟还有没有冲出重围而得到新生的那一天，连我自己也不知道。然而我如今是在呼号了。你是我的唯一的哥哥，我希望你在危险和困苦中时时记着我，给我帮助。

1933 年春在南京

我的梦

我不喜欢夜。我的夜里永远没有月亮，没有星，有的就是寂寞。然而不知道从什么时候起我有了一个朋友。

我的心上常常起了轻微的敲声。我知道那个朋友来了，他轻轻地推开了心的门，进到我的心里面，他就昂然坐了下来。和平常一样我就只看见他的黑影子。

“你放下笔！”他命令说。

我顺从地放下了笔。

“你今天又写了几千字了！”他嘲笑地说。

我默默地看我手边的原稿纸，一共有十几张，全是今天写的。

“这有什么用处？谁要读你的文章？”他继续说下去。“几千字，几万字，几十万字，几百万字，你不过浪费了你自己的生命。你本来可以用你这年轻的生命做别的有用的事情，你却白白地把它糟蹋了！”

我沉默着。

“你整天整夜地乱涂着，你的文章在吸吮你自己的血，吸吮排字工人的血，吸吮那些年轻读者的血。你真是在做梦啊！你以为你的文章可以感动成千成万的新的灵魂吗？你这个蠢人！他们需要的全不是这一类的东西。

“你不记得一个青年写过信给你，说他爱你他又恨你吗？他爱你因为你使他看见了一线的光明；他恨你，因为你使他看见更多的黑暗，他要走去接触光明，却被更多的黑暗绊住了脚。你单单指了光明给他看，你却让他永远在黑暗的深渊里挣扎。你带给他的只有苦恼。你这个骗子，你真该诅咒啊。

“你不记得一个青年写过信给你，说他愿意跟你去死吗？你拿了什么给他呢？家庭束缚他，教育麻醉他，社会宰割他。你把他唤醒了。你让他瞥见了一个幸福的幻景，但你又把它拿走了。那个幻景引诱着他的心。他不能够再闭上眼睛躺下去，他愿意跟着你去追求那个幸福的幻景，一直到死。然而你却撇弃他不管了！你，你这懦夫，你真该诅咒啊！

“你不记得许多许多的青年曾经怀着痛苦的心求助于你吗？他们是年轻的，纯洁的，天真的。他们到你这里来，是因为周围的血快淹没了他们，周围的黑暗快窒息了他们。他们像遭难的船要把你这里当做一个避风的港口。然而你拿了什么给他们呢？你说：‘你们应该忍耐！永远忍耐。’本来在同样的环境里面丹东曾经对法国青年说过：‘大胆，大胆，永远大胆！’你却拿忍耐封锁了你的港口，把那些破船全赶走了，让它们漂流在无边的海洋上，受狂风暴雨的吹打。你，你这残酷的人，你真该诅咒啊！

“你说你那些文章使人家看见了光明，看见了爱，看见了自由，看见了幸福，甚至看见了一个值得献身的目标。然而你自己呢？当一些人正为着光明、爱、自由、幸福，为着那个目标奋斗、受苦以至于死亡的时候，你却躲在你自己写成的书堆里，让原稿纸消耗你的生命，吸吮你的青年的血。你抛弃了光明，抛弃了爱，抛弃了自由，抛弃了幸福，甚至抛弃了那个目标。你永远把你的行为和你的思想隔开，你永远任你的感情和你的理智冲突，你永远拿矛盾的网掩盖你的身子！你，你这个伪善者，你真该诅咒啊！

“文章和话语有什么用处？自从有人类社会一直到现在，所说过的话，所写过的文章倘若都能够遗留下来，堆在一起也可以淹没了世界。然而到现在人类还被囚在一个圈子里面互相残杀。流血、争斗、黑暗、压迫依旧包围着这个世界，似乎永远就没有终结。文章粉饰了太平，文章掩盖了罪恶，文章麻醉了人心。那些呼声至今还是响亮的，它们响得那么高，就压倒了你的轻微的呼号。你不久就会过去了，然而那些青年的灵魂是要活下去的。你说你唤醒了他们，你却又抛弃他们走开了，让他们留在黑暗的圈子里面梦想那些光明、爱、自由、幸福的幻景。你完全忘记了他们，让各种打击破碎了他们的肢体。你，你这个制造书本的人，你真该诅咒啊！

"我恨你，我诅咒你，我愿意我永远不再看见你！我愿意我能够毁掉你那些原稿纸！我愿意我能够毁掉所有你写的书！我愿意我能够毁掉你的身子！"

那个朋友站起来，向门口走去。他气愤地关上我的心的门。他走了，留下我一个人在寂寞里。在我的手边无力地躺着那十几页原稿纸。

我记起来一件事情，这是那个朋友忘记了说的。半年前一个十五岁的孩子写信给我，说："有人告诉我说，你将来会自杀，我希望你能够明白自杀是一件愚蠢的举动。"同时另一个女孩子却带着同情来信说："我怜悯你，因为我知道你的心实在太苦了。"

这些天真的、幼稚的、纯白的心越过了那许多栏栅到我的身边来了。他们大量地拿安慰来萦绕我的梦魂。我不是一个忘恩的人，我也知道感激的意义。但是我不禁绝望地问："我果然需要人来怜悯么？"

"我究竟做过了什么举动会使人相信我要自杀呢？难道我是一个至死不悟的人么？"

欺骗的，懦弱的，残酷的，伪善的，说教的，值得怜悯的，至死不悟的……这些形容词渐渐地一齐逼过来，压在我的心上，把心的门给我堵塞了。

我不能够再打开心的门，看见我自己的心。我不能够回答我自己的问话。

但是我并没有哭，因为我知道眼泪是愚蠢的。

我抛下笔，我把原稿纸全掷到地上。我说，以后不再写文章了。于是我默默地取了一本书，翻开来，看见上面有这样的一些字：

“我驱走了一切的回忆；我把它们全埋在一座坟墓里面。十年来我埋葬了它们，十年来我努力忘记了一切。……悲哀死了，爱也死了，雪落下来，用它的白色的大氅覆盖了过去的一切。我呢，我还活着，我还很好。”①

我希望我能够懂得这些字的意义。

1933 年冬在北平

---

① 引自俄国民粹派女革命家薇娜·妃格念尔的《回忆录》。

呓 语

我究竟在什么地方？……

在一篇短文的开始我写过了这样的一句话：

“沉默，这半年来的沉默差不多要闷死我了。”

这并不是假话，里面不含有一点夸张。短短的十几个字也是由痛苦的经验堆积起来的。

说痛苦，大概谁也不肯相信。在这个国家里就充满着把幻想当做现实而靠着幻想生活的生物。对于他们这个世界上就只有光，只有花，只有爱。

然而我的眼睛却看出了不同的景象，我的耳朵也听见了不同的声音。甚至在黑夜里我的眼睛也是睁开的，同时还有各种声音继续送进我的耳里来。光么？周围是黑漆的一片；花么？我闻不到一点儿香气；爱么？这里是如此的寒冷。

我究竟在什么地方？坟墓里罢，死床上罢，狭的笼内罢。我怎能够知道！也没有人来告诉我。好寂寞呀！我竟然看不见一个人。为什么呢？我真的死了吗？可是我明明还有一口气！

好闷呀！我简直透不过气来。有什么东西压在我的胸膛上。是这样地重！我想动，但是我的手脚都似乎变硬了。不，是谁把它们给我绑住了。我居然这么糊涂！那是什么时候的事情？我完全不知道！

怎么办呢？老是纳闷，老是焦急，这是不行的。我实在受不下去了。我要嚷。可是我的舌头不能够转动了。为什么？我的舌头被谁割掉了罢。我用尽力气也嚷不出声来。话到了喉管又缩了回去。我在吞自己的话。我咽了一肚皮的话。怪不得胸膛上是那么地重。

我算是完结了。手脚没有用，舌头也没有了。我老是躺着。然而我也得明白我究竟在什么地方！我一定是被谁关在笼子里面了。我并不是一个只会讨人欢喜、给人玩弄的小生物。我又不会伺候人，看别人的脸色就知道别人的喜怒。那么……我会被当做一只野兽吗？可是我并不曾咬过人，我根本就不曾见过一个人呢！

挣扎罢，找谁理论罢。没有一个人。黑暗里在我眼前仿佛晃动着一些奇怪的影子。它们是这么淡，这么模糊，耳边又只有一些啾啾般的叫声。不管这地方是坟墓，是死床，是囚笼，我总是孤单单的一个。

我为什么会在这个地方？以前我不还是自由自在的吗？那是从什么时候起的？昨天吗？不会这么快！怎么一霎眼我就到了这个境地！这经过我完全不明白。我只记得有过一个时候，我昂着头在阳光下面走路，我张着嘴唱歌。然而不知不觉间我就到这个地方来了。

老是躺着，这不成！我得活动一下。可是身子僵硬了，连膀子也动不得。我的血似乎凝结了，不，给什么东西吸光了。什么东西到现在还在吸我的血！我的膀子痛得要命。那个东西用力在吸！不止一个，许多许多。它们比蚊虫厉害过千百倍。我全身都是这些东西。它们拼命在吸我的血！我的血快光了！我得动一动！我要救我自己！

我究竟在什么地方？……

我要动我的膀子。可是我没有力气。身子是这么软……怎么？我真的给人绑住了手脚吗？绳索究竟是粗还是细，我看不见，摸不到。我没有力气，没有力气……完结了。

完结了。就这样简单地完结了吗？我是怎样的一个人呀！从前我不是也跟在别人的后面昂起头，挺起胸，呐喊过吗？难道现在我就只知道完结了？没有力气。可是我还有知觉，我还知道怎样用力呀！

没有舌头，也得咬紧牙关。膀子不能动，拳头也得捏紧。不管是在什么地方，既然我是一个年轻人，就得拼命地挣扎一下！

咬紧牙关。我不怕！我说过不会怕。啊，我有一点儿力气了。我在动。我的手动了。我继续用力。奇怪，仿佛并没有绳索。我用力动着手。我的右手动了，左手也动了。我的手并没有被人绑住。我一定是做了一个噩梦。一个多么可怕、多么痛苦的梦啊！可是我战胜自己了。

我胜利了。奇怪，我的舌头动了。我居然嚷出声来了，我的舌头明明在我的口里！

我在什么地方？……我知道！

我明明坐在我的书桌前面。

1934 年秋在上海

生　命

我接到一个不认识的朋友的来信，他说愿意跟我去死。这样的信我已经接过好几封了，都是一些不认识的年轻人寄来的。现在我住在一个朋友的家里，是一个很安静的地方。我的窗前种了不少的龙头花和五色杜鹃。在自己搭架的竹篱上缠绕着牵牛花和美国豆的长藤。在七月的大清早，空气清新，花开得正繁，露出一片欣欣向荣的景象。对面屋脊上站着许多麻雀，它们正吵闹地欢迎新升的太阳。到处都充满着生命。我的心也因为这生命的繁荣而快活地颤动了。

然而这封信使我想起了另一些事情。我的心渐渐地忧郁起来。眼前生命的繁荣仿佛成了一个幻景，不再像是真实的东西了。我似乎看见了另一些景象。

我应该比谁都更了解自己罢。那么为什么我会叫人生出跟我去死的念头呢？难道我就不曾给谁展示过生命的美丽么？为什么在这个充满了生命的夏天的早晨我会谈到这样的信呢？

我的心里怀着一个愿望，这是没有人知道的：我愿每个人都有住房，每个口都有饱饭，每个心都得到温暖。我想揩干每个人的眼泪，不再让任何人拉掉别人的一根头发。

然而这一切到了我的笔下都变成另一种意义了。我的美丽的愿望都给现实生活摧毁干净了。同时另一种思想慢慢地在我的脑子里生长起来，甚至违背了我的意志。

我能够做什么呢？

"我就是真理，我就是大道，我就是生命。"能够说这样话的人是有福的了。

"我要给你们以晨星!"能够说这样话的人也是有福的了。

但是我，我什么时候才能够说一句这样的话呢?

1934年7月在北平

沉　落

离开上海以前我为《文学》杂志写了一篇《沉落》，给一个朋友看见了，他说这篇小说可能得罪不少的人。我原先并没有想到这个。给他这么一说，我倒有些为难了。这个短篇会给我招来许多意外的误解，这是很可能的。但是我终于毅然地把文章交出去了。另一个朋友劝我改用一个笔名，我也没有听从他的话。

这篇小说发表后不久，果然从北平一个关心我的朋友那里来了劝告。他以为这文章可以不必写，写出来不是和《剪影》[①] 之类的东西差不多么？他的最重要的一句话：写文章难道是为着泄气？

我诚心地感谢这位朋友。我是常常把他当作畏友的。但是对于他这个劝告，我却不得不原封地璧还，因为他似乎还不曾了解我那篇文章的主要思想。

我只是一个平凡的人。但是和无数的平凡人一样，我有血，有肉，有感情，有激情。我的眼睛也能够像平常人那样地看，我的脑子也能够像平常人那样地思维。所以即使我把自己关在坟墓一般的房间里，在白纸上消磨自己的生命，我依旧是一个平凡的人。我的血依旧要沸腾，我的激情依旧要燃烧，我依旧要哭，我依旧要笑，我依旧要发怒，我依旧要诅咒。所以我永远写不出冷静的文章，所以我永远不能抱着艺术的招牌做白日的好梦。老实

---

① 《剪影》：指当时的报纸副刊和小报上发表的那些《文人剪影》等等。

说我写文章，没有一次不是为着泄气。即使我没有能力，但是我的确想过拿我的笔尖做武器。虽然我不断地在文章里犯错误，但是从我那十几本没有艺术价值的小说里面，贤明的读者总可以看出我的本意来罢。

然而这里所谓“泄气”和我那朋友所说是不同的。我个人并没有仇敌，反而我有着无数的慷慨的朋友。而且我从这个社会所得到的一切已经大大地超过我应得的了。就个人来说，我对这社会、对这生活、对人不应该有什么不满，什么怨言。然而在这个时代个人的一切算得什么？个人是随时随地都会灭亡的，可是社会却将永远存在下去。那么对于目前的种种阻碍社会进步的倾向、风气和努力，我无论如何也不能够闭着眼睛放过它们。我说这话自然有点夸张，因为事实上我并没有做到这样。但是如果能够向着这方面努力，即使遭遇更多的误解不也是很好的事情么？至少我自己是从“沉落”的境地中爬起来了。

从这一点来看《沉落》，我至今仍然觉得我没有错。《沉落》所攻击的是一种倾向，一种风气：这风气，这倾向，正是把我们民族推到深渊里去的努力之一。这一点是那位朋友没有见到的罢。他的眼光也许比我的更远一点，他似乎看漏了我们民族当前的危机而仅仅迷信着将来。事实上这将来还得看我们今天的年轻人的努力。要是我们能够把这个正在“沉落”的途中挣扎的民族拉起来，那么将来才有黎明留给我们，否则一批教授和博士也救不了谁的。四万万人以及后来无数的子孙的幸福与目前的教授、博士们的光荣比起来，这其间的轻重是很容易分辨的罢。我现在比以前看得更清楚些。那危机显得比任何时候都更可怕了。假如说我写文章是为着泄气，那么我是替现在和未来的无数的青年悲愤地叫出了一声：“少为我们造下一点孽罢！”或者更狂妄地嚷道：“我们要活！”

这一点是我无日无夜不痛彻地感觉到的。若说像我这样的人会如此地关心到一个民族的命运，也许不会有人相信罢。那么把我当做乱咬人的疯狗看，这种人是一定有的了。

但是，朋友，你该不会这样地看待我罢。那么即使我辜负了你的好意，固执地走那条使你为我担心的路，你也可以原谅我罢。然而如果我更进一步，要你也做一两件事情，来拯救我们这个在“沉落”中挣扎的民族，你会怎样地回答我呢？你会以为这也是疯狗的狂吠么？朋友，请你原谅我。

1935 年 1 月在横滨

木乃伊

我和别人一样，也会做种种的梦。梦做得太多了，没有一个能够长留在我的记忆里，所以我写不出记梦的诗和小说。我也曾读过几本德国和奥国医生著的关于梦的书，但大都是用“性心理”来分析梦，把我的脑筋弄得更糊涂了，所以读过就忘记，跟没有读过一样。

我也曾发过一次梦吃，因为是大梦，所以记得住，而且能够写下来。这次是梦着自己被什么东西压在身上，喉管被棉花堵住似的，心里明白，却不能发声叫喊。但是自己不甘心，拼命挣扎，终于叫出声来，就这样地醒来了。这梦不必要什么德、奥医生著书分析，我们也能明白：睡觉的时候让厚被或者枕头压在胸膛上，所以有这个噩梦。我的睡法有些特别，就跟我做人一样，简单地说：不讲规矩，不爱整齐。但和夏目漱石君的“哥儿”①的睡法比起来，却是没趣了。那个“哥儿”睡觉时非“砰的一跌，仰天倒了下去”不行，否则“便不觉得像曾睡过的样子”。但是这种奇妙的睡法，在中国做不到，别人会来干涉。

最近我梦见了木乃伊。提起木乃伊也许会有人想起金字塔和斯芬克司②，但是我并没有梦见它们。我的木乃伊是在洋房里出

① 夏目漱石（1867—1916）：日本小说家，“哥儿”是他的名著《哥儿》的主人公。

② 斯芬克司：狮身女面有双翼的怪物。埃及金字塔附近就有这种斯芬克司的石像。

现的。那时我仿佛坐在十几层大厦中的一间小屋里，木乃伊推开门进来。

他的赤裸的身子带着发亮的金黄色，身材异常短小，脸上只有一层黄皮，眼睛也陷了进去。他走路没有声音，有点像小贼。他走到我的写字台对面，在活动椅上不客气地坐下了。

我安静地对他点一个头，好像他是我的一个熟朋友。

“今天又走了远路回来了。”木乃伊说的是中国的官话，这应该是可惊奇的事，但是我并不惊奇！

“又去了那里么？”我照例似的这样发问，我好像知道他去过了什么地方。

“是的。”他不快活地答道，俯下头去。

“在那里耽搁得很久吗？”我又问。

“是。”他颓丧地答应，并不抬起头。

一股异香沁入我的鼻孔。

“见着她了吗？”我嗅着这几千年前的香味，身子微微地颤动起来。一下子他一生的悲欢都在我的脑子里出现了。我看见一个比克利阿帕特拉[①]更美丽的女郎。

“是，见着了；其实还不如见不着好。”他痛苦地说，把头抬了起来。

他脸上没有眼睛，只有两个黑洞。他做过将相王侯的事情我在这张脸上看不出来。我仿佛记得他是一位出名的将军，后来做过高僧，似乎埃及文的历史上有着这样的记载。还有，他为了一个年轻的女人又还了俗，甚至走遍天下去追寻那个女子。虽说是天下，但木乃伊的天下是很窄小的。书上说他没有找到女人就病死在一个小镇里。可是他对我说今天见到她了。

“见着她，当然是好事。几千年来的宿愿得到报偿了。她说

① 克利阿帕特拉（cleopatra，公元前69—30）：埃及的非常美丽的女皇。

了什么吗?”我平淡地问，就像在翻阅一本古书。

“唉!”想不到木乃伊的叹声也是“唉”，和我们的一样。他张开口，露出两排零落的白牙，他把那瘦得和鸡爪差不多的右手托着下颌，沉思了一会儿，忽然悲痛地说：“可是她并不是我所想象的那种女人啊!”

我注意地望着他，因为这句话打动了我的好奇心。

“我为她牺牲了一切，我死也是为着她死的。我爱她，我的爱是纯洁的，热烈的。我爱她，我活着爱她，死了也爱她。我上下四方地追寻了她这么几千年，我为她历尽了千辛万苦。我终于寻到她了。……可是她……她……”连木乃伊也哭起来了。

我不插嘴，静静地望着在金脸上发亮的木乃伊的眼泪。

“她并不爱我。她连我唯一的要求也不肯答应，”木乃伊抽泣地说。那种使人窒息的古香料的气味又一次在房里散布着。我觉得我的身体快要腐烂了，可是自己并不感到痛苦，倒像喝醉了酒似的。

“那么她以前就不曾爱过你吧。”我含糊地说。

“不会的，不会的!”木乃伊起劲地分辩道。

“在尼罗河畔我第一次遇见她的时候，她和她父亲在一只华美的船上，她唱着那么美丽的歌，把我的整个心神都震摇了。我只看见她的一对眼睛，她对我带着希望地笑一笑。这一笑，决不是无意的。第二次，我经过她的门前，在露台上现出她的身子，她看见了快要跪倒在下面的我，她对我指着月亮，给了我将来的希望。月亮不是还在天上吗?不就是这同样的月亮吗?”他说着，就伸手往外指，奇怪!月亮就明亮地从窗户射进来。

“以后呢?”我迷惘似的问。

“以后……我追求了这么几千年，今天终于在那个茅舍里看见了她。她却不认识我了。我决不会认错人。她没有大改变，只是比从前更美丽、更纯洁。”

我不做声，让月光在房里移动。

“她为什么不肯给我那个东西呢？”他绝望地反复呻吟着。

“我贡献了我的全量的爱，经过了这几千年，我追寻她，要求她实践她的诺言。但是她像对待一个陌生人似的把我拒绝了。她连那样微小的东西也不肯给我。她辜负了我的爱。可是我没有那东西……”

“你说的是什么东西？你向她讨过什么吗？”我打岔说。

“灵魂，灵魂，灵魂啊！”他绝望地吼起来。小小的身子在活动椅上像发了寒战似的猛烈地抖动。古香料的气味渐渐地淡了下去。月光也消失了。

我这时完全明白了。木乃伊没有灵魂是不能够生存的。

“木乃伊找到他所爱的女人，哀求她给他一个灵魂。那个女人不肯给，她不爱他，因为她是一个活人，他却只是一个木乃伊。这就是你的故事吗？”[①] 我这样问。

他像患了重病一般地蜷缩在椅子上，但是嘴里还发出含糊的应声。

“你想木乃伊能够从活人那里得到灵魂吗？还是进你的玻璃棺材去，在博物院里做你的好梦罢！”我生气地责斥道。

我听不见应声，注意地一看，原来他已经散落在地上，成了一堆白骨。这件事情发生得这么快，我一点也不觉得。

尸骨旁边有一张画像，是一个女人的像，她的确生得漂亮。

于是我就醒过来了，是地震把我惊醒的，这个月里有过两次地震了。我醒在被窝里时，梦里的事情还记得很清楚。

这个梦虽然奇怪，但是若要我来分析也不难。我前两天在东京上野科学博物馆里看见过两个墨西哥的木乃伊（一个中年妇人和一个婴孩），所以会梦见木乃伊的事情。至于那个女人的面貌，

---

① 木乃伊：指关在“象牙之塔”里的文学家和艺术家，他所爱的女人指“文艺”。

倒很像一幅名画里的文艺女神的风姿，不过我在什么地方看见过那幅画，现在却记不起来了。

1935 年 2 月在横滨

海的梦

我整整有一年没有看见海了，从广东回来，还是去年七月里的事。

最近我给一个女孩子写信说："可惜你从来没有见过海。海是那么大，那么深，它包藏了那么多的没有人知道过的秘密，它可以教给你许多东西，尤其是在它起浪的时候。"信似乎写到这里为止。其实我应该接着写下去：那山一般地涌起来的、一下就像要把轮船打翻似的巨浪曾经使我明白过许多事情。我做过"海的梦"①。现在离开这个"海的梦"里的国家时，我却在海的面前沉默了。我等着第二次的"海的梦"。

在这只离开"海的梦"里的国土的船上，我又看见了伟大的海。白天海是平静的，只有温暖的阳光在海面上流动；晚上起了风，海就怒吼起来，那时我孤寂地站在栏杆前望着下面的海。

"为什么要走呢？"不知道从什么地方来了这句问话，其实不用看便明白是自己对自己说话啊！

是的，虽然我也有种种的理由，可以坦白地对别人说出来，但是对自己却找不出话来说了。我不能够欺骗自己，对自己连一点阴影也得扫去！这一下可真窘了。

留恋、惭愧和悔恨的感情折磨着我。为什么要这样栖栖遑遑地东奔西跑呢？为什么不同朋友们一起在一个固定的地方做一些

---

① 1932年春天我写过一本叫做《海的梦》的中篇小说。

事情呢？大家劝我不要走，我却毅然地走了。我是一个怎样的不可了解的人啊。

这时候我无意地想起了一百年前一个叫做阿莫利[①]的人在一封信上说过的话：

> 我离开科隆，并不告诉人我到什么地方去，其实连我自己也不知道。……我只愿意离开一切的人，甚至你我也想避开……
>
> 我秘密地躲到了海得尔堡。在那里我探索了我的心；在那里我察看了我的伤痕。难道我的泪已经快要尽了，我的伤也开始治愈了吗？
>
> 有时为了逃避这个快乐的大学城的喧嚣和欢乐，我便把自己埋在山中或者奈卡谷里，避开动的大自然却跟静的大自然接近。然而甚至在那些地方，在一切静的表面下，我依旧找到了生机，活力，精力。这都是那个就要到来的春天的先驱。新芽长出来了，地球开始披上了新绿的衣衫，一切都苏醒了起来；在我四周无处不看见生命在畅发的景象。然而我却只求一件事情——死。……

啊，这是什么话？我大大地吃惊了。我能够做一个像他那样的怯懦的人吗？

不，我还有勇气，我还有活力，而且我还有信仰。我求的只是生命！生命！

带着这样坚决的自信，我掉头往四面看。周围是一片黑暗。但是不久一线微光开始在天边出现了。

1934 年 11 月在日本横滨

---

① 法国小说家大仲马的长篇小说《阿莫利》（Amaury）的男主人公。

繁　星

和朋友梁一起从木下走到了逗子车站。不过八点多钟，但在我却仿佛是深夜了。宽广的马路在黑暗中伸出去，似乎通到了无尽处。前面是高大的黑影，是树林，是山，也许还是疲倦的眼睛里的幻影。天覆盖下来，好像就把我们两个包在星星的网里面。

“好一天的星啊！”我不觉感动地这样说。我好久没有见过这样的繁星了，而且夜又是这么柔和，这么静寂。我们走了这许久，却只遇见两个行人，连一辆汽车也不曾看见。

这时候正在起劲地谈着贝多芬、谈着尼采、谈着悲剧与音乐、谈着梦与醉的梁也停止了他那滔滔不绝的谈话，仰着头去看天空了。

我们默默地望着繁星，一面轻轻地下着脚步，仿佛两个人都屏了呼吸在倾听星星的私语。

“这时候仿佛就在中国。”我不觉自语似的说了。

“中国哪里会有这样安静的地方？”梁用了异样的语调回答我的话，仿佛我的话引起了他的创痛似的。我知道在中国他留下的痛苦的记忆太多了。对于他也许那远迢迢的地中海畔的法兰西，或者这太平洋上的花之岛国都会有更多的自由空气罢。

我和他在许多观点上都站在反对的地位，见面时也常常抬杠。但是我们依旧是朋友，遇在一起时依旧要谈话。这一次在他的话里我看出了另一种意思，也许和他心里所要表示的完全不同。可是这句话却引起了我的共鸣了。

到今天还大谈恋爱自由似乎有点陈旧了。但是现在还有为情而死的青年，也有人为了爱情不圆满而懊恼终生。甚至在今天的中国还充满了绝情卫道的圣人。梁似乎要冲破这个藩篱，可是结果他被放逐似的逃到这个岛国来了。他也许有一些错误，我可不明白，因为各人有各人的说法。而且他那种恋爱观在我看来就陈旧得可笑，虽然也有人以为这还是很新的。但是他有勇气的事情却是不能否认的。不过这勇气可惜被误用了。

恋爱这种事在今天很可以暂时束之高阁了。即使它和吃饭是一样的重要。但是如今饿死也已经是很平常的事了。我说这种话并不是替卫道的圣人们张目，我以为跟卫道比起来，倒还是讲恋爱好些。但是在中国难道就只有这两条路吗？

说一切存在的东西都合理，不让人来触动它们，这就是卫道；不承认这个的人算是抗道。那么这条路还是很宽广的罢。说宽广也许不是。抗道的路也许是崎岖难行的。但既有路，就会有人走，而且实际上已经有人在走了。

梁为了要呼吸比较自由的空气，到这个樱花的岛国来了。在他的观点上说，他的确得到了那样的东西，在松林中的安静生活里他们夫妇在幸福中沉醉了。我在他那所精致的小屋里亲眼看见了这一切。我若还说他过的是放逐的生活，他一定不承认。他也许有理。

但是我呢？我为什么要来到这个地方？我所要求的自由这里不是也没有吗？离开了崎岖的道路到一个陌生的地方来求暂时的安静，在一些无用的书本里消磨光阴：我这样的生活不就是放逐的生活吗？

普照大地的繁星看见了这一切，明白了这一切。它们是永远不会坠落的。

望着这样的繁星我不觉发出了一声痛苦的叹息。

1935 年 1 月在横滨

最初的回忆

“这个娃娃本来是给你的弟妇的，因为怕她不会好好待他，所以送给你。”

这是母亲在她的梦里听见的“送子娘娘”说的话。每当晴明的午后，母亲在她那间朝南的屋子里做针线的时候，她常常对我们弟兄姊妹（或者还有老妈子在场）叙述她这个奇怪的梦。

“第二天就把你生下来了。”

母亲抬起她的圆圆脸，用爱怜横溢的眼光看我，我那时站在她的身边。

“想不到却是一个这样淘气娃娃！”

母亲微微一笑，我们也都笑了。

母亲很爱我。虽然她有时候笑着说我是淘气的孩子，可是她从来没有骂过我。她让我在温柔、和平的气氛中度过了我的幼年时代。

一张温和的圆圆脸，被刨花水泯得光光的头发，常常带笑的嘴。淡青色湖绉滚宽边的大袖短袄，没有领子。

我每次回溯到我的最远的过去，我的脑子里就浮现了母亲的面颜。

我的最初的回忆是跟母亲分不开的。我尤其不能忘记的是母亲的温柔的声音。

我四五岁的光景，跟着母亲从成都到了川北的广元县，父亲在那里做县官。

衙门，很大一个地方，进去是一大块空地，两旁是监牢，大堂，二堂，三堂，四堂，还有草地，还有稀疏的桑林，算起来大概有六七进。

我们住在三堂里。

最初我同母亲睡，睡在母亲那张架子床上。热天床架上挂着罗纹帐子或麻布帐子，冷天挂着白布帐子。帐子外面有微光，这是从方桌上那盏清油灯的灯草上发出来的。

清油灯，长的颈项，圆的灯盘，黯淡的灯光，有时候灯草上结了黑的灯花，必剥必剥地燃着。

我睡在被窝里，常常想着“母亲”这两个字的意义。

白天，我们在书房里读书，地点是在二堂旁边。窗外有一个小小的花园。

先生是一个温和的中年人，面貌非常和善。他有时绘地图。他还会画铅笔画。他有彩色铅笔，这是我们最羡慕的。

学生是我的两个哥哥，两个姐姐和我。

一个老书僮服侍我们。这个人名叫贾福，六十岁的年纪，头发已经白了。

在书房里我早晨认几十个字，下午读几页书，每天很早就放学出来。三哥的功课比我的稍微多一点，他比我只大一岁多。

贾福把我们送到母亲的房里。母亲给我们吃一点糖果。我们在母亲的房里玩了一会儿。

“香儿，”三哥开始叫起来。

我也叫着这个丫头的名字。

一个十二三岁的瓜子脸的少女跑了进来，露着一脸的笑容。

“陪我们到四堂后面去耍！”

她高兴地微笑了。

“香儿，你小心照应他们！”母亲这样吩咐。

“是。”她应了一声，就带着我们出去了。

我们穿过后房门出去。

我们走下石阶，就往草地上跑。

草地的两边种了几排桑树，中间露出一条宽的过道。

桑叶肥大，绿阴阴的一大片。

两三只花鸡在过道中间跑。

“我们快来拾桑果！”

香儿的脸上放了光，她牵着我的手就往桑树下面跑。

桑葚的甜香马上扑进了我的鼻子。

“好香呀！”

满地都是桑葚，深紫色的果子，有许多碎了，是跌碎了的，是被鸡的脚爪踏坏了的，是被鸡的嘴壳啄破了的。

到处是鲜艳的深紫色的汁水。

我们兜起衣襟，躬着腰去拾桑葚。

“真可惜！”香儿一面说，就拣了几颗完好的桑葚往口里送。

我们也吃了几颗。

我看见香儿的嘴唇染得红红的，她还在吃。

三哥的嘴唇也是红红的，我的两手也是。

“看你们的嘴！”

香儿扑嗤笑起来。她摸出手帕给我们揩了嘴。

“手也是。”

她又给我们揩了手。

“你自己看不见你的嘴？”三哥望着她的嘴笑。

在后面四堂里鸡叫了。

“我们快去找鸡蛋！”

香儿连忙揩了她的嘴，就牵起我的手往里面跑。

我们把满兜的桑葚都倾在地上了。

我们跑过一个大的干草堆。

草地上一只麻花鸡伸长了颈项得意地在那里一面走，一面叫。

我们追过去。

这只鸡惊叫地扑着翅膀跳开了。别的鸡也往四面跑。

“我们看哪一个先找到鸡蛋?”

香儿这样提议。结果总是她找到了那个鸡蛋。

有时候我也找到的，因为我知道平时鸡爱在什么地方下蛋。

香儿虽然比我聪明，可是对于鸡的事情我知道的就不见得比她少。

鸡是我的伴侣。不，它们是我的军队。

鸡的兵营就在三堂后面。

草地上两边都有石阶，阶上有房屋，阶下就种桑树。

左边的一排平房，大半是平日放旧家具等等的地方。最末的一个空敞房间就做了鸡房，里面放了好几只鸡笼。

鸡的数目是二十几只，我给它们都起了名字。

大花鸡，这是最肥的一只，松绿色的羽毛上加了不少的白点。

凤头鸡，这只鸡有着次色的羽毛，黑的斑点，头上多一撮毛。

麻花鸡，是一只有黑黄色小斑点的鸡。

小凤头鸡比凤头鸡身子要小一点。除了头上多一撮毛外，它跟普通的母鸡就没有分别。

乌骨鸡，它连脚，连嘴壳，都是乌黑的。

还有黑鸡，白鸡，小花鸡，……各种各类的名称。

每天早晨起床以后，洗了脸，我就叫香儿陪我到三堂后面去。

香儿把鸡房的门打开了。

我们揭起了每一只鸡笼。我把一只一只的鸡依着次序点了名。

“去吧，好好地去耍！”

我们撒了几把米在地上，让它们围着啄吃。

我便走了，进书房去了。

下午我很早就放学出来了，三哥有时候比较迟一点放学。

我一个人偷偷地跑到四堂后面去。

我睡在高高的干草堆上。干草是温暖的，我觉得自己好像睡在床上。

温和的阳光爱抚着我的脸，就像母亲的手在抚摩。

我半睁开眼睛，望着鸡群在下面草地上嬉戏。

“大花鸡，不要叫！再叫给别人听见了，会把鸡蛋给你拿走的。”

那只大花鸡得意地在草地踱着，高声叫起来。我叫它不要嚷，没有用。

我只得从草堆上爬下来，去拾了鸡蛋揣在怀里。大花鸡爱在草堆里生蛋，所以我很容易地就找着了。

鸡蛋还是热烘烘的，上面粘了一点鸡毛，是一个很可爱的大的鸡蛋。

或者小凤头鸡被麻花鸡在翅膀上啄了一下就跑开了。我便吩咐它：

“不要跑呀！喂，小凤头鸡，你怕麻花鸡做什么？”

有时候我同三哥在一起，我们就想出种种方法来指挥鸡群游戏。

我们永远不会觉得寂寞。

傍晚吃过午饭后（我们就叫这做午饭），我等到天快要黑了就同三哥一起，叫香儿陪着，去把鸡一一地赶进了鸡房，把它们全照应进了鸡笼。

我又点一次名，看见不曾少掉一只鸡，这才放了心。

有一天傍晚点名的时候，我忽然发觉少了一只鸡。

我着急起来，要往四堂后面去找。

“太太今天吩咐何师傅捉去杀了。”香儿望着我笑。

“杀了？”

“你今天下午没有吃过鸡肉吗？”

不错，我吃过！那碗红烧鸡，味道很不错。

我没有话说了。心里却有些不舒服。

过了三四天，那只黑鸡又不见了。

点名的时候，我望着香儿的笑脸，气得流出眼泪来。

“都是你的错！你坏得很！他们捉鸡去杀，你晓得，你做什么不跟我说？”

我捏起小拳头要打香儿。

“你不要打我，我下次跟你说就是了。”香儿笑着向我告饶。

然而那只可爱的黑鸡的影子我再也看不见了。

又过了好几天，我已经忘掉了黑鸡的事情。

一个早上，我从书房里放学出来。

我走过石栏杆围着的长廊，在拐门里遇见了香儿。

“四少爷，我正在等你！”

“什么事情？”

我看见她着急的神气，知道有什么大事情发生了。

“太太又喊何师傅杀鸡了。”

她拉着我的手往里面走。

“哪一只鸡？快说。”我睁着一对小眼睛看她。

“就是那只大花鸡。”

大花鸡，那只最肥的，松绿色的羽毛上长着不少白色斑点。我最爱它！

我马上挣脱香儿的手，拼命往里面跑。

我一口气跑进了母亲的房里。

我满头是汗，我还在喘气。

母亲坐在床头椅子上。我把上半身压着她的膝头。

“妈妈，不要杀我的鸡！那只大花鸡是我的！我不准人家杀它！”

我拉着母亲的手哀求。

“我说是什么大的事情！你这样着急地跑进来，原来是为着一只鸡。”

母亲温和地笑起来，摸出手帕给我揩了额上的汗。

“杀一只鸡，值得这样着急吗？今天下午做了菜，大家都有吃的。”

“我不吃，妈，我要那只大花鸡，我不准人杀它。那只大花鸡，我最爱的……”

我急得哭了出来。

母亲笑了。她用温和的眼光看我。

“痴儿，这也值得你哭？好，你喊香儿陪你到厨房里去，喊何厨子把鸡放了，由你另外拣一只鸡给他。”

“那些鸡我都喜欢。随便哪只鸡，我都不准人家杀！”我依旧拉着母亲的手说。

“那不行，你爹吩咐杀的。你快去，晚了，恐怕那只鸡已经给何厨子杀了。”

提起那只大花鸡，我忘掉了一切。我马上拉起香儿的手跑出了母亲的房间。

我们气咻咻地跑进了厨房。

何厨子正把手里拿着的大花鸡往地上一掷。

“完了，杀死了。”香儿叹口气，就呆呆地站住了。

大花鸡在地上扑翅膀，松绿色的羽毛上染了几团血。

我跑到它的面前，叫了一声“大花鸡!”

它闭着眼睛，垂着头，在那里乱扑。身子在肮脏的土地上擦来擦去。颈项上现出一个大的伤口，那里面还滴出血来。

我从没有见过这样的死的挣扎!

我不敢伸手去挨它。

“四少爷，你哭你的大花鸡呀!”这是何厨子的带笑的声音。

他这个凶手！他亲手杀死了我的大花鸡。

我气得全身发抖。我的眼睛也模糊了。

我回头拔步就跑，我不顾香儿在后面唤我。

我跑进母亲的房里，就把头放在她的怀中放声大哭：

“妈妈，把我的大花鸡还给我！……”

母亲温柔地安慰我，她称我做痴儿。

为了这件事，我被人嘲笑了好些时候。

这天午饭的时候，桌子上果然添了两样鸡肉做的菜。

我望着那两个莱碗，就想起了大花鸡平日得意地叫着的姿态。

我始终不曾在菜碗里下过一次筷子。

晚上杨嫂安慰我说，鸡被杀了，就可以投生去做人。

她又告诉我，那只鸡一定可以投生去做人，因为杀鸡的时候，袁嫂在厨房里念过了“往生咒”。

我并不相信这个老妈子的话，因为离现实太远了，我看不见。

“为什么做了鸡，就该被人杀死做菜吃?”

我这样问母亲，得不着回答。

我这样问先生，也得不着回答。

问别的人，也得不着回答。

别人认为是很自然的事情，我却始终不懂。

对于别人，鸡不过是一只家禽。对于我，它却是我的伴侣，我的军队。

我的一个最好的兵就这样地消灭了。

从此我对于鸡的事情，对于这种为了给人类做食物而活着的鸡的事情，就失掉了兴趣。

不过我还在照料那些剩余的鸡，让它们先后做了菜碗里的牺牲品，连凤头鸡也在内。

老妈子里面，有一个杨嫂负责照应我和三哥。

高身材，长脸，大眼睛，小脚。三十岁光景。

我们很喜欢她。

她记得许多神仙和妖精的故事。晚上我和三哥常常找机会躲在她的房里，逼着她给我们讲故事。

香儿也在场，她也喜欢听故事。

杨嫂很有口才。她的故事比什么都好听。

我们听完了故事，就由她把我们送回到母亲房里去。

坝子里一片黑暗。草地上常常有声音。

我们几个人的脚步在石阶上走得很响。

杨嫂手里捏着油纸捻子，火光在晃动。

我们回到母亲房里，玩一会儿，杨嫂就服侍我在母亲的床上睡下了。

三哥跟着大哥去睡。

杨嫂喜欢喝酒，她年年都要泡桑葚酒。

桑葚熟透了的时候，草地上布满了紫色的果实。

我和三哥，还有香儿，我们常常去拾桑葚。

熟透了的桑葚，那甜香真正叫人的喉咙痒。

我们一面拾，一面吃，每次拾了满衣兜的桑葚。

“这样多，这样好！”

我们每次把一堆一堆的深紫色的桑葚指给她看，她总要做出惊喜的样子说。

她拣几颗放在鼻子上闻，然后就放进了嘴里。

我们四个人围着桌子吃桑葚。

我们的手上都染了桑葚汁，染得红红的，嘴也是。

“够了，不准再吃了。”

她撩起衣襟揩了嘴唇，便打开立柜门，拿出一个酒瓶来。

她把桑葚塞进一个瓶里，一个瓶子容不下，她又去取了第二个，第三个。

每个瓶里盛着大半瓶白色的酒。

多少恨
昨夜梦魂中
还似旧时游上苑
车如流水马如龙
花月正春风

——南唐李后主：《忆江南》（怀旧）

从母亲那里我学着读那叫做“词”的东西。

母亲剪了些白纸订成好几本小册子。

我的两个姐姐各有一本。后来我和三哥每个人也有了这样的一本小册子。

母亲差不多每天要在小册子上面写下一首词，是依着顺序从《白香词谱》里抄来的。

是母亲亲手写的娟秀的小字。

晚上，在方桌前面，清油灯的灯光下，我和三哥靠了母亲站着。

母亲用温柔的声音给我们读着小册子上面写的字。

这是我们幼年时代的唯一的音乐。

我们跟着母亲读出每一个字，直到我们可以把一些字连接起来读成一句为止。

于是母亲给我们拿出来那根牛骨做的印圈点的东西和一盒印泥。

我们弟兄两个就跪在方凳子上面，专心地给读过的那首词加上了圈点。

第二个晚上我们又在母亲的面前温习那首词，一直到我们能够把它背诵出来。

但是不到几个月母亲就生了我的第二个妹妹。

我们的小册子里有两个多月不曾添上新的词。

而且从那时候起我就和三哥同睡在一张床上，在另一个房间里面。

杨嫂把她的床铺搬到我们的房里来。她陪伴我们，照料我们。

这第二个妹妹，我们叫她做十妹。她出世的时候，我在梦里，完全不知道。

早晨我睁起眼睛，阳光已经照在床上了。

母亲头上束了一根帕子，她望着我笑。

旁边突然响起了婴儿的啼声。

杨嫂也望着我笑。

我有一种莫名其妙的感觉。

这是我睡在母亲床上的最后一天了。

秋天，天气渐渐地凉起来。

我们恢复了读词的事情。

每天晚上，二更锣一响，我们就阖上那本小册子。

“喊杨嫂领你们去睡罢，”母亲温和地说。

我们向母亲道了晚安，带着疲倦的眼睛，走出去。

"杨嫂，我们要睡了。"

"来了！来了！"杨嫂的高身材出现在我们的眼前。

她常常牵着我走。她的手比母亲的粗得多。

我们走过了堂屋，穿过大哥的房间。

有时候我们也从母亲的后房后面走。

我们进了房间。房里有两张床：一张是我同三哥睡的，另一张是杨嫂一个人睡的。

杨嫂爱清洁。所以她把房间和床铺都收拾得很干净。

她不许我们在地板上吐痰，也不许我们在床上翻斤斗。她还不许我们做别的一些事情。但是我们并不恨她，我们喜欢她。

临睡时，她叫我们站在旁边，等她把被褥铺好。

她给我们脱了衣服，把我们送进了被窝。

"你不要就走开！给我们讲一个故事！"

她正要放下帐子，我们就齐声叫起来。

她果然就在床沿上坐下来，开始给我们讲故事。

有时候我们要听完了一个满意的故事才肯睡觉。

有时候我们就在她叙述的中间闭上了眼睛，完全不知道她在说些什么。

什么神仙，剑侠，妖精，公子，小姐……我们都不去管了。

生活就是这样和平的。

没有眼泪，没有悲哀，没有愤怒。只有平静的喜悦。

然而刚刚翻过了冬天，情形又改变了。

晚上我们照例把那本小册子阖起来交给母亲。

外面响着二更的锣。

"喊你们二姐领你们去睡罢。杨嫂病了。"

母亲亲自把我们送到房间里。二姐牵着三哥的手，我的手是母亲牵着的。

母亲照料着二姐把我们安置在被窝里，又嘱咐我们好好地睡觉。

母亲走了以后，我们两个睁起眼睛望着帐顶，然后又掉过脸对望着。

二姐在另一张床上咳了几声嗽。

她代替杨嫂来陪伴我们。她就睡在杨嫂的床上，不过被褥帐子完全换过了。

我们不能够闭眼睛，因为我们想起了杨嫂。

三堂后边，右边石阶上的一排平房里面，第四个房间，没有地板，一盏瓦油灯放在破方桌上面……

那是杨嫂从前住过的房间。

她现在生病，又回到那里去了，就躺在她那床上。

外面石阶下是光秃的桑树。

在我们的房里推开靠里一扇窗望出去，看得见杨嫂的房间。

那里很冷静，很寂寞。

除了她这个病人外，就只有袁嫂睡在那里。可是袁嫂事情多，睡得迟。

我们以后就没有再看见杨嫂，只知道她在生病，虽然常常有医生来给她看脉，她的病还是没有起色。

二姐把我们照料得很好。还有香儿给她帮忙。她晚上也会给我们讲故事。

我就渐渐地把杨嫂忘记了。

“我们去看杨嫂去！”

一天下午我们刚刚从书房里出来，三哥忽然把我的衣襟拉一下，低声对我说。

“好！”我毫不迟疑地点了点头。

我们跑到三堂后面，很快地就到了右边石阶上的第四个房间。

没有别人看见我们。

我们推开掩着的房门，进去了。

阴暗的房里没有声音，只有触鼻的臭气。在那张矮矮的床上，蓝布帐子放下了半幅。一幅旧棉被盖着杨嫂的下半身。她睡着了。

床面前一个竹凳上放着一碗黑黑的药汤，已经没有热气了。

我们胆怯地走到了床前。

纸一样白的脸。一头飘蓬的乱发。眼睛闭着。嘴微微张开在出气。一只手从被里垂下来，一只又黄又瘦的手。

我有点不相信这个女人就是杨嫂。

我想起那张笑脸，我想起那张讲故事的嘴，我想起大堆的桑葚和一瓶一瓶的桑葚酒。

我仿佛在做梦。

“杨嫂，杨嫂。”我们兄弟两个齐声喊起来。

她的鼻子里发出一个细微的声音。她那只垂下来的手慢慢地动了。

身子也微微动着。嘴里发出含糊的声音。

眼睛睁开了，闭了，又睁开得更大一点。她的眼光落在我们两个的脸上。

她的嘴唇微微动了一下，好像要笑。

“杨嫂，我们来看你！”三哥先说，我也跟着说。

她勉强笑了，慢慢地举起手抚摩三哥的头。

“你们来了。你们还记得我。……你们好罢？……现在哪个在照应你们？……”

声音是多么微弱。

“二姐在照应我们。妈妈也来照应我们。”

三哥的声音里似乎淌出了眼泪。

“好。我放心了。……我多么记挂你们啊！……我天天都在想你们。……我害怕你们离了我就觉得不方便……”

她说话有些吃力，那两颗失神的眼珠一直在我们弟兄的脸上转。眼光还是像从前那样的和善。

她这样看人，真要把我的眼泪也引出来了。

我一把抓住了她的手。这只手是冷冰冰的。

她把眼光停留在我的脸上。

“四少爷，你近来淘不淘气？……多谢你还记得我。我的病不要紧，过几天就会好的。”

我的眼泪滴到她的手上。

“你哭了！你的心肠真好。不要哭，我的病就会好的。”

她抚着我的头。

“你不要哭，我又不是大花鸡啊！”

她还记得大花鸡的事情，跟我开起玩笑来。

我并不想笑，心里只想哭。

“你们看，我的记性真坏！这碗药又冷了。”

她把眼光向外面一转，瞥见了竹凳上的药碗，便把眉头一皱，说着话就要撑起身子来拿药碗。

“你不要起来，我来端给你。”

三哥抢着先把药碗捧在手里。

“冷了吃不得。我去喊人给你煨热！”三哥说着就往外面走。

“三少爷，你快端回来！冷了不要紧，吃下去一样。你快不要惊动别人，人家会怪我花样多。”她费力撑起身子，挣红了脸，着急地阻止三哥道。

三哥把药碗捧了回来，泼了一些药汤在地上。

她一把夺过了药碗，把脸俯在药碗上，大口地喝着。

她抬起头来，把空碗递给三哥。

她的脸上还带着红色。

她用手在嘴上一抹，抹去了嘴边的药渣，就颓然地倒下去，长叹一声，好像已经用尽了力气。

她闭上眼睛，不再睁开看我们一眼。鼻子里发出了轻微的响声。

她的脸渐渐地在褪色。

我们默默地站了半晌。

房间里一秒钟一秒钟地变得阴暗起来。

“三少爷，四少爷，四少爷，三少爷！”

在外面远远地香儿用她那带调皮的声音叫起来。

“走罢。”

我连忙拉三哥的衣襟。

我们走到石阶上，就被香儿看见了。

“你们偷偷跑到杨大娘房里去过了。我要去告诉太太。”

香儿走过来，见面就说出这种话。她得意地笑了笑。

“太太吩咐过我不要带你们去看杨大娘。”她又说。

“你真坏！不准你向太太多嘴！我们不怕！”

香儿果然把这件事情告诉了母亲。

母亲并没有责骂我们。她只说我们以后不可以再到杨嫂的房间里去。不过她并没有说出理由来。

日子一天一天地过去，像水流一般地快。

然而杨嫂的病不但不曾好，反而一天天地加重了。

我们经过三堂后面那条宽的过道，往四堂里去的时候，常常听见杨嫂的奇怪的呻吟声。

听说她不肯吃药。听说她有时候还会发出怪叫。

人一提起杨嫂，马上做出恐怖的、严肃的表情。

“天真没有眼睛：像杨嫂这样的好人怎么生这样的病！”母亲好几次一面叹气，一面说。

但是我不知道杨嫂究竟生的是什么病。

我只知道广元县没有一个好医生，因为大家都是这样说。

又过了好几天。

“四少爷，你快去看，杨大娘在吃虱子!”

一个下午，我比三哥先放学出来，在拐门里遇到香儿，她拉着我的膀子，对我做了一个怪脸。

“我躲在门外头看。她解开衣服捉虱子，捉到一个就丢进嘴里，咬一口。她接连丢了好几个进去。她一面吃，一面笑，一面骂。她后来又脱了裹脚布放在嘴里嚼。真脏!”

香儿极力在摹仿杨嫂的那些动作。

“我不要看!”

我生气地挣脱了香儿的手，就往母亲的房里跑。

虱子，裹脚布，在我的脑子里无论如何跟杨嫂连不起来。杨嫂平日很爱干净。

我不说一句话，就把头放在母亲的怀里哭了。

母亲费了好些工夫来安慰我。她含着眼泪对父亲说：

“杨嫂的病不会好了。我们给她买一副好点的棺材罢。她服侍我们这几年，很忠心。待三儿、四儿又是那样好，就跟自己亲生的差不多!”

母亲的话又把我的眼泪引出来了。

我第一次懂得死字的意义了。

可是杨嫂并不死，虽然医生已经说病是无法医治的了。

她依旧活着，吃虱子，嚼裹脚布，说胡话，怪叫。

每个人对这件事情都失了兴趣，谁也不再到她的房门外去偷看、偷听了。

一提起杨嫂吃虱子……，大家都不高兴地皱着眉头。

“天呀！有什么法子使她早死，免得受这种活罪。”

大家都希望她马上死，却找不到使她早死的方法。

一个堂勇提议拿毒药给她吃，母亲第一个反对。

但是杨嫂的存在却使得整个衙门都被一种忧郁的空气笼罩了。

无论谁听说杨嫂还没有死，马上就把脸阴沉下来，好像听见了一个不祥的消息。

许多人的好心都希望着一个人死，这个人却是他们所爱的人。

然而他们的希望终于实现了。

一个傍晚，我们一家人在吃午饭。

“杨大娘死了!”

香儿气咻咻地跑进房来，开口就报告这一个好消息。

袁嫂跟着走进来证实了香儿的话。

杨嫂的死是毫无疑惑的了。

“谢天谢地!”

母亲马上把筷子放下。

全桌子的人都嘘了一口长气，好像长时期的忧虑被一阵风吹散了。

仿佛没有一个人觉得死是一件可怕的事情。

然而谁也无心吃饭了。

我最先注意到母亲眼里的泪珠。

健康的杨嫂的面影在我的眼前活泼地出现了。

我终于把饭碗推开，俯在桌子上哭了。

我哭得很伤心，就像前次哭大花鸡那样。同时我想起了杨嫂的最后的话。

一个多月以后母亲对我们谈起了杨嫂的事情：

她是一个寡妇。她在我们家里做了四年的老妈子。

我所知道的关于她的事情就只有这一点点。

她跟着我们从成都来，却不能够跟着我们回成都去。

她没有家，也没有亲人。

所以我们就把她葬在广元县。她的坟墓在什么地方，我不知道。

我也不知道坟前有没有石碑，或者碑上刻着什么字。

“在阴间（鬼的世界）大概无所谓家乡罢，不然杨嫂倒做了异乡的鬼了。”母亲偶尔感叹地对人说。

在清明节和中元节，母亲叫人带了些纸钱到杨嫂的坟前去烧。

就这样地，“死”在我的眼前第一次走过了。

我也喜欢读书，因为我喜欢我们的教读先生。

这个矮矮身材白面孔的中年人有种种办法取得我们的敬爱。

“刘先生。”

早晨一走进书房，我们就给他行礼。

他带笑地点点头。

我和三哥坐在同一张条桌前，一个人一个方凳子，我们觉得坐着不方便，就跪在凳子上面。

认方块字，或者读《三字经》、《百家姓》、《千字文》。

刘先生待我们是再好没有的了。他从来没有骂过我们一句，脸上永远带着温和的微笑。

母亲曾经叫贾福传过话请刘先生不客气地严厉管教我们。

但是我从不知道严厉是怎么一回事。我背书背不出，刘先生就叫我慢慢地重读。我愿意什么时候放学，我就在什么时候出去，三哥也是。

因为这个缘故我们更喜欢书房。

而且在充满阳光的书房里看大哥和两个姐姐用功读书的样子，看先生的温和的笑脸，看贾福的和气的笑脸，我觉得很高兴。

先生常常在给父亲绘地图。

我不知道地图是什么东西，拿来做什么用。

可是在一张厚厚的白纸上面绘出了许多条纤细的黑线，又填上了各种的颜色，究竟是一件有趣的事情。

还有许多奇怪的东西，例如现今人们所称为圆规之类的仪器。

绘了又擦掉，擦了又再绘，刘先生那种俯着头专心用功的样子，仿佛还在我的眼前。

“刘先生也很辛苦啊！”我时时偷偷地望先生，这样地想起来。

有时候我和三哥放了学，还回到书房去看先生绘地图。

刘先生忽然把地图以及别的新奇的东西收起来，笑嘻嘻地对我们说：

“我今晚上给你们画一个娃娃。”

这里说的娃娃就是人物图的意思。

不用说，我们的心不能够等到晚上，我们就逼着他马上绘给我们看。

如果这一天大哥和二姐、三姐的功课很好，先生有较多的空时间，那么用不着我们多次请求，他便答应了。

他拿过那本大本的线装书，大概是《字课图说》罢，随便翻开一页，就把一方裁小了的白纸蒙在上面，用铅笔绘出了一个人，或者还有一两间房屋，或是还有别的东西。然后他拿彩色铅笔涂上了颜色。

“这张给你！”

或者我，或者三哥，接到了这张图画，脸上总要露出十分满意的笑容。

我们非常喜欢这样的图画。因为这些图画我们更喜欢刘先生。

图画一张一张地增加，我的一个小木匣子里面已经积了几十张图画了。

我一直缺少玩具，所以把这些图画当作珍宝。

每天早晨和晚上我都要把这些图画翻看好一会儿。

红的绿的颜色，人和狗和房屋……它们在我的脑子里活动起来。

然而这些画还不能够使我满足。我梦想着那张更大的图画：有狮子，有老虎，有豹子，有豺狼，有山，有洞……

这张画我似乎在《字课图说》，或者别的书上见过。先生不肯绘出来给我们。

有几个晚上我们也跑到书房里去向先生讨图画。

大哥一个人在书房里读夜书，他大概觉得寂寞罢。

我们站在旁边看先生绘画，或者填颜色。

忽然墙外面响起了长长的吹哨声。

先生停了笔倾听。

“在夜里还要跑多远的路啊！”

先生似乎也怜悯那个送鸡毛文书的人。

“他现在又要换马了！”

于是轻微的马蹄声去远了。

那个时候紧要的信函公文都是用专差送达的。送信的专差到一个驿站就要换一次马，所以老远就吹起哨子来。

先生花了两三天的工夫，终于在一个下午把我渴望了许久的有山、有洞、有狮子、有老虎、有豹、有狼的图画绘成功了。

我进书房的时候，正看见三哥捧着那张画快活地微笑。

“你看，先生给我的。”

这是一张多么可爱的画，而且我早就梦见先生绘出来给我了。

但是我来迟了一步，它已经在三哥的手里了。

“先生，我要！”我红着脸，跑到刘先生的面前。

“过几天我再画一张给你。”

“不行，我就要！我非要不可！”

我马上就哭出来，不管先生怎样劝，怎样安慰，都没有用。

同时我的哭也没有用。先生不能够马上就绘出同样的一张画。

于是我恨起先生来了。我开口骂他做坏人。

先生没有生气，他依旧笑嘻嘻地向我解释。

然而三哥进去告诉了母亲。大哥和二姐把我半拖半抱地弄进了母亲的房里。

母亲带着严肃的表情说了几句责备的话。

我止了泪，倾听着。我从来就听从母亲的吩咐。

最后母亲叫我跟着贾福到书房里去，向先生赔礼；她还要贾福去传话请先生打我。

我埋着头让贾福牵着我的手再到书房里去。

但是我并没有向先生赔礼，先生也不曾打我一下。

反而先生让我坐在方凳上，他俯着身子给我系好散开了的鞋带。

晚上睡觉的时候，我在枕头边拿出那个木匣子，把里面所有的图画翻看了一遍，就慷慨地全送给了三哥。

“真的？你自己一张也不要？”

三哥惊喜地望着我，有点莫名其妙。

“我都不要！”我毫无留恋地回答他。

在那个时候我有一种近乎“不完全，则宁无”的思想。

从这一天起，我们就再也没有向先生要过图画了。

春天。萌芽的春天。嫩绿的春天。到处散布生命的春天。

一天一天地我看见桑树上发了新芽，生了绿叶。

母亲在本地蚕桑局里选了六张好种子。

每一张皮纸上面布满了芝麻大小的淡黄色的蚕卵。

蚕卵陆续变成了极小的蚕儿。

蚕儿一天一天地大起来。

家里的人为了养蚕的事情忙着。

大的簸箕里面摆满了桑叶，许多根两寸长的蚕子在上面爬着。

大家又忙着摘桑叶。

这样的簸箕一个一个地增加。它们占据了三堂后面左边的两间平房。这两间平房离我们的房间最近。

每天晚上半夜里，或是母亲或是二姐，三姐，或是袁嫂，总有一次要经过我们房间的后门到蚕房去加桑叶。常常是香儿拿着煤油灯或者洋烛。

有时候我没有睡着，就在床上看见煤油灯光，或者洋烛光。可是她们却以为我已经睡熟了，轻脚轻手地在走路。

有时候二更锣没有响过，她们就去加桑叶，我也跟着到蚕房去看。

浅绿色的蚕在桑叶上面蠕动，一口一口地接连吃着桑叶。簸箕里一片沙沙的声音。

我看见她们用手去抓蚕，就觉得心里像被人搔着似的发痒。

那一条一条的软软的东西。

她们一捧一捧地把蚕沙收集拢来。

对于母亲，这蚕沙比将来的蚕丝还更有用。她养蚕大半是为了要得蚕沙的缘故。

大哥很早就有冷骨风的毛病，受了寒气便要发出来。一发病就要痛三四天。

“不晓得什么缘故，果儿会得到这种病，时常使他受苦。”

母亲常常为大哥的病担心，看见人就问有什么医治这个病的药方，那时候在广元似乎没有好医生。但是老妈子的肚皮里有种种古怪的药方。

母亲也相信她们，已经试过了不少的药方，都没有用。

后来她从一个姓薛的乡绅太太那里得到了一个药方，就是：

把新鲜的蚕沙和着黄酒红糖炒热，包在发痛的地方，包几次就可以把病治好。

在这个大部分居民拿玉蜀黍粉当饭吃的广元县里，黄酒是买不到的。母亲便请父亲托人在合州带了一坛来预备着。

接着她就开始养蚕。

父亲对母亲养蚕的事并不赞成。母亲曾经养过一次蚕。有一回她忘记加桑叶，蚕因此饿死了许多。后来她稍微疏忽一点，又让老鼠偷吃了许多蚕去。她心里非常难过，便发誓以后不再养蚕了。父亲害怕她又遇到这样的事情。

但是不管父亲怎样劝阻她，不管背誓的恐惧时时折磨她，她终于下了养蚕的决心。

这一年大哥的病果然好了。我们不知道这是不是薛太太的药方生了效。不过后来母亲就同薛太太结拜了姊妹。

以后我看见蚕在像山那样堆起来的一束一束的稻草茎上结了不少白的、黄的茧子。我有时也摘下了几个茧子来玩。

以后我看见人搬了丝车来，把茧子一捧一捧地放在锅里煮，一面就摇着丝车。

以后我又看见堂勇们把蚕蛹用油煎炒了，拌着盐和辣椒吃，他们不绝口地称赞味道的鲜美。

“做个蚕命运也很悲惨啊！”我有时候会这样地想起来。

父亲在这里被人称做“青天大老爷”。

他常常穿着奇怪的衣服坐在二堂上的公案前面审案。

下面两旁站了几个差人（公差），手里拿着竹子做的板子：有宽的，那是大板子；有窄的，那是小板子。

“大老爷坐堂！……”

下午，我听见这一类的喊声，知道父亲要审问案子了，就找个机会跑到二堂上去，在公案旁边站着看。

父亲在上面问了许多话，我不知道他为什么要问这些。

被问的人跪在下面，一句一句地回答，有时候是一个人，有时候是好几个人。

父亲的脸色渐渐地变了，声音也变了。

“你胡说！给我打！”父亲猛然把桌子一拍。

两三个差人就把犯人按倒在地上，给他褪下裤子，露出屁股。一个人按住他，别的人在旁边等待着。

“给我先打一百小板子再说！他这个混账东西不肯说实话！”

“青天大老爷，小人冤枉啊！”

那个人爬在地上杀猪也似的叫起来。

于是两个差役拿了小板子左右两边打起来。

“一五，一十，十五，二十……”

“青天大老爷在上，小人真是冤枉啊！”

“胡说！你招不招？”

那个犯人依旧哭着喊冤枉。

屁股由白而红，又变成了紫色。

数到了一百，差人就停住了板子。

“禀大老爷，已经打到一百了。”

屁股上出了血，肉开始在烂了。

“你招不招？”

“青天大老爷在上，小人无话可招啊！”

“你这个东西真狡猾！不招，再打！”

于是差役又一五一十地下着板子，一直打到犯人招出实话为止。

被打的人就由差役牵了起来，给大老爷叩头，或者自己或者由差役代说：

“给大老爷谢恩。”

挨了打还要叩头谢恩，这个道理我许久都想不出来。我总觉得事情不应该是这样。

打屁股差不多是坐堂的一个不可少的条件。父亲坐在公案前面几乎每次都要说："给我拉下去打！"

有时候父亲还使用了"跪抬盒"的刑罚：叫犯人跪在抬盒里面，把他的两只手伸直穿进两个杠杆眼里，在腿弯里再放上一根杠杆。有两三次差人们还放了一盘铁链在犯人的两腿下面。

由黄变红、由红变青的犯人的脸色，从盘着辫子的头发上滴下来的汗珠，杀猪般的痛苦的叫喊……

犯人口里依旧喊着："冤枉！"

父亲的脸阴沉着，好像有许多黑云堆在他的脸上。

"放了他罢！"

我在心里要求着，却不敢说出口。这时候我只好跑开了。

我把这件事对母亲讲了。

"妈，为什么爹在坐堂的时候跟在家里的时候完全不同？好像不是一个人！"

在家里的时候父亲是很和善的，我不曾看见他骂过人。

母亲温和地笑了。

"你是小孩子，不要多管闲事。你以后不要再去看爹坐堂。"

我并不听母亲的话，因为我的确爱管闲事。而且母亲也不曾回答我的问题。

"你以后问案，可以少用刑。人家究竟也是父母养的。我昨晚看见'跪抬盒'，听到犯人的叫声心都紧了，一晚上没有睡好觉。你不觉得心里难过吗？"

一个上午，房里没有别人的时候，我听见母亲温和地对父亲这样说。

父亲微微一笑。

"我何尝愿意多用刑？不过那些犯人实在狡猾，你不用刑，他们就不肯招。况且刑罚又不是我想出来的，若是不用刑，又未免没有县官的样子!”

“恐怕也会有屈打成招的事情。”

父亲沉吟了半晌。

“大概不会有的，我定罪时也很仔细。”

接着父亲又坚决地说了一句:

“总之我决不杀一个人。”

父亲的确没有判过一个人的死罪。在他做县官的两年中间只发生了一件命案。这是一件谋财害命的案子。犯人是一个漂亮的青年，他亲手把一个同伴砍成了几块。

父亲把案子悬着，不到多久我们就回成都了。所以那个青年的结局我也不知道了。

母亲的话在父亲的心上产生了影响。以后我就不曾看见父亲再用“跪抬盒”的刑罚了。

而且大堂外面两边的站笼里也总是空的，虽然常常有几个带枷的犯人蹲在那里。

打小板子的事情却还是常有的。

有一次，离新年还远，仆人们在门房里推牌九，我在那里看了一会儿。后来父亲知道了，就去捉了赌，把骨牌拿来叫人抛在厕所里。

父亲马上坐了堂，把几个仆人抓来，连那个管监的刘升和何厨子都在内，他们平时对我非常好。

他们都跪在地上，向父亲叩头认错，求饶。

“给我打，每个人打五十再说!”

父亲生气地拍着桌子骂。

差人们都不肯动手，默默地望着彼此的脸。

“喊你们给我打!”父亲更生气了。

差人大声应着。但是没有人动手。

刘升他们在下面继续叩头求饶。

父亲又怒吼了一声，就从签筒里抓了几根签掷下来。

这时候差人只得动手了。

结果每个人挨了二十下小板子，叩了头谢恩走了。

我心里很难过，马上跑到门房里去。许多人围着那几个挨了打的人，在用烧酒给他们揉伤处。

我听见他们的呻吟声，不由得淌出眼泪来。我接连说了许多讨好他们的话。

他们对我仍旧很亲切，没有露出一点不满意的样子。

又有一次，我看见领十妹的奶妈挨了打。

那时十妹在出痘子，依照中医的习惯连奶妈也不许吃那些叫做“发物”的食物。

不知道怎样，奶妈竟然看见新鲜的黄瓜而垂涎了。

做母亲的女人的感觉特别锐敏。她会在奶妈的嘴上嗅出了黄瓜的气味。

一个晚上奶妈在自己的房里吃饭，看见母亲进来就露出了慌张的样子，把什么东西往枕头下面一塞。

母亲很快地就走到床前把枕头掀开。

一个大碗里面盛着半碗凉拌黄瓜。

母亲的脸色马上变了，就叫人去请了父亲来。

于是父亲叫人点了明角灯，在夜里坐了堂。

奶妈被拖到二堂上，跪在那里让两个差人拉着她的两只手，另一个差人隔着她的宽大的衣服用皮鞭打她的背。

一，二，三，四，五……

足足打了二十下。

她哭着谢了恩，还接连分辩说她初次做奶妈，不知道轻重，下次再不敢这样做了。

她整整哭了一个晚上。

第二天早晨母亲就叫了她的丈夫来领她去了。

这个年轻的奶妈临走的时候脸色凄惨，眼角上还滴下泪珠。

我为这个情景所感动而下泪了。

我后来问母亲为什么要这样残酷地待她。

母亲微微地叹了一口气。她不说别的话。

以后也没有人提起这个奶妈的下落。

母亲常常为这件事情感到后悔。她说那个晚上她忘记了自己，做了一件自己也不知道为什么要做的事情。

我只看见母亲发过这一次脾气。

记得一天下午三哥为了一件小事情，摆起主人的架子把香儿痛骂了一顿，还打了她几下。

香儿向母亲哭诉了。

母亲把三哥叫到她面前去，温和地给他解释：

“丫头同老妈子都是跟我们一样的人，即使犯了过错，你也应该好好地对她们说，为什么动辄就打就骂？况且你年纪也不小了，更不应该骂人打人。我不愿意让你以后再这样做！你要好好地记住。”

三哥埋下头，不敢说话。香儿高兴地在旁边暗笑。

三哥垂着头慢慢地往外面走。

“三儿，你不忙走！”

三哥又走到母亲的面前。

“你还没有回答我，你要听我的话！你懂得吗？你记得吗？”

三哥迟疑了半晌才回答说：

“我懂……我记得。”

“好，拿云片糕去。喊香儿陪你们去耍。”

母亲站起来，在连二柜上放着的磁缸里取了两叠云片糕递给我们。

我也懂母亲的话，我也记得母亲的话。

但是现在母亲也做了一件残酷的事情。

我为这件事情有好几天不快活。

在这时候我就已经感觉到世界上有许多事情是安排得很不合理的了。

在宣统做皇帝的最后一年，父亲就辞了官回成都去了，虽然那个地方有许多人挽留他。

在广元的两年的生活我的确过得很愉快，因为在这里人人都对我好。

这两年中间我只挨过一次打，因为祖父在成都做生日，这里敬神，我不肯磕头。

母亲用鞭子在旁边威胁我，也没有用。

结果我挨了一顿打，哭了一场，但是我始终没有磕一个头。这是我第一次挨母亲的鞭子。

从小时候起我就讨厌礼节。而且这种厌恶还继续发展下去。

父亲在广元做了两年的县官，回到成都以后就买了四十亩田。

别人还说他是一个“清官”。

家庭的环境

我们回到成都，又换了一个新的环境，而且不久革命就爆发了。

我当时一点也不懂什么叫做革命，更谈不到拥护或者害怕，只有十月十八日的兵变给我留下了一个恐怖的印象。

那些日子我仍旧在书房里读书。一天一天听见教书先生（他似乎姓龙，又好像姓邓）用激动的声音讲起当时川汉铁路的风潮。

龙先生是个新党，所以他站在人民一方面。自然他不敢公开说出反对清朝政府的话。不过对于被捕的七个请愿代表他却表示大的尊敬，而且他不喜欢当时的总督赵尔丰。

二叔和三叔从日本留学回来不过一两年。他们的辫子是在日本剪掉了的（我现在记不清楚是两个人的辫子都剪掉了，还只是其中的一个剪掉了辫子），现在他们戴上了假的辫子。有些人在背后挖苦他们，骂他们是革命党。

我的脑后垂着一根小小的、用红头绳缠的硬辫子；我每天早晨都要母亲或者老妈子给我梳头，我觉得这是很讨厌的事情。因此我倒喜欢那些主张剪掉辫子的革命党。

旧历十月十八日是祖母的生忌，家里的人忙着摆供。

下午就听说外面风声不大好。

五点钟光景，父亲他们正在堂屋里磕头。忽然一个仆人进来报告：外面发生了兵变，好几家银行和当铺都被抢了。我们二伯父的公馆也遭到变兵的光顾。

其实后一个消息是不确实的。二伯父的公馆虽然离我们这里很近，但是在当时谁也失掉了判断力，况且二伯父一家又是北门一带的首富，很有遭抢劫的可能。

于是堂屋里起了一个小小的骚动，众人马上四散了。各人回到房里去想“逃难”的办法。

父亲和母亲商量了片刻，大家就忙乱起来。

一个仆人帮忙父亲把地板撬开一块，从立柜里取出十几封银元放在地板下面。后来他们又放了好几封银元在后花园的井里。

又有人忙着搬梯子来，把几口红皮箱放到顶楼板上面去，那里是藏东西的地方。

同时母亲叫人雇了几乘轿子来，把我们兄弟姊妹带到外祖母家里去。大哥陪着父亲留在家里。

我和母亲坐在一乘轿子里面。母亲抱着我。我不时偷偷地拉起轿帘看外面的街景。

街上有些人在跑。好几乘轿子迎面撞过来。没有看见一个变兵。

晚上我们都挤在外祖母房里，大家都不说话。

外面起了枪声，半个天空都染红了。一个年轻的舅父在窗下对我们说话。这些话都是很可怕的。

外祖母闭着眼睛念佛。

后来附近一带突然起了嘈杂的人声。好像离这里只有十几步路的赵公馆给变兵打进去了。

闹声，哭声，枪声，物件撞击声……响成了一片。

外祖母逼着母亲逃走，母亲不肯。大家争论了片刻，母亲就带着我们到了后面天井里。外祖母一定不肯走，她说她念佛吃素多年了，菩萨会保佑她。

天是红的。几株树上有乌鸦在叫。枪声，我们也听得很清楚。

母亲发出了几声绝望的叹息。她还关心到外祖母，关心到父亲。

舅父给我们搬了梯子来。墙并不高。一个老妈子先爬到墙外去。然后母亲，三哥，我都爬过去了。接着我的两个姐姐也爬了过去。

墙外是一个菜园。我们在菜畦里躲了好些时候，简直顾不到寒冷了。

后来我们看见没有什么动静，才到那个管菜园的老太婆的茅棚里坐了一夜。

那个老太婆亲切地招待我们，还给我们弄热茶来喝。

母亲一晚上都在担心家里的事情。第二天十九日的上午外面平静了，她就带着我一个人先回家。父亲和大哥惊喜地迎接我们。

父亲告诉我们：昨晚半夜里果然有十几个变兵撬了大门进来。家里已经有了准备。十几个堂勇端起火药枪在二门外的天井里排成了两排，再加上三叔的两个镖客（三叔在南充做知县，刚刚从那里回来）。变兵看见这里人多，不敢动手，只说来借点路费。父亲叫人拿了一封银元出来送给他们，他们就走了。只损失了这一百元。以后再也没有变兵进来过。

这一晚上在家里就只有父亲和大哥照料着。叔父和婶娘们都避开了，祖父也到别处去了。

这一天是母亲和我的生日，但是家里已经忘记了这件事情。

从此我们就平平安安地过下去。地板下面的银元自然取了出来。井里的却不知给谁拿去了，父亲叫人来淘了两次井，都没有找到。

赵尔丰被革命党捉住杀头的消息使龙先生非常高兴，同时在我们的家里产生了种种不同的印象。在以后许多天里，我们都听见人们在谈论赵尔丰被杀头的事情。

共和革命算是成功了。

二叔和三叔头上的假辫子也取了下来。再没有人嘲笑他们的“秃头”了。

在一个晴明的下午，仆人姜福（他不知道从哪里刚学会了剪发的手艺）找了一把剪发的洋剪刀，把我和三哥的小辫子剪掉了。

接着我们全家的男人都剪掉了辫子。仆人中有一两个不肯剪的，却不留心在街上给警察强迫剪去了。

我们家里开始做新的国旗。照例由父亲管这些事情。他拿一大块白洋布摊在方桌上面，先用一个极大的碗，把墨汁涂了碗口，印了一个大圆形在布上，然后用一个小杯子在大圆形的周围印了十八个小圈。在大圆形里面写了一个“汉”字，十八个小圈代表当时的十八省。

我对于做国旗的事情感到兴趣。但是不久中华民国成立，我们家里又把大汉旗收起，另外做了五色旗。

祖父因为革命而感到悲哀，父亲没有表示什么意见。二叔断送了他的四品的官，三叔却给自己起了个“亡国大夫”的笔名。三叔还是一个诗人，写过不少的诗。祖父也是诗人，还印过一册诗集《秋棠山馆诗钞》送人。父亲和二叔却不常做诗。

至于我们这一辈，虽然大都是小孩子，但是对于清朝政府的灭亡，都觉得高兴。

清朝倒了。我们依旧在龙先生的教导下面读书。但是大哥不久就进了中学。

两年半以后，母亲永远离开了我们。

母亲死在民国三年（一九一四年）旧历七月的一个夜里。

母亲病了二十多天。她在病中是十分痛苦的。一直到最后一天，她还很清醒，但是人已经不能够动了。

我和三哥就住在隔壁的房间里。每次我们到病床前看她，她总要流眼泪。

在我们兄弟姊妹中间，母亲最爱我，然而我也不能够安慰她，减轻她的痛苦。

母亲十分关心她的儿女。她临死前五天还叫大哥到一位姨母处去借了一对金手镯来。她嫌样子不好看，过了两天她又叫大哥拿去还了，另外在二伯母那里去借了一对来。这是为大哥将来订婚用的。她在那样痛苦的病中还想到这些事情。

我和三哥都没有看见母亲死。那个晚上因为母亲的病加重，父亲很早就叫老妈子照料我们睡了。等到第二天早晨我们醒来时，棺材已经进门了。

我含着眼泪，心里想着我是母亲最爱的孩子。

棺材放在签押房里。闭殓的时候，两个人手里拿着红绫的两头预备放下去。许多人围着棺材哭喊。我呆呆地望着母亲的没有血色的脸。我恨不能把以后几十年的眼光都用来在这个时候饱看她。

红绫终于放下去了。它掩盖了母亲的遗体。漆匠再用木钉把它钉牢。几个人就抬着棺盖压上去。

二姐和三姐不肯走开，她们伤心地哭着，把头在棺材上面撞。

晚上睡觉的时候，我还听见签押房里两个姐姐的哀哀的哭声。我不能够闭上眼睛。我的眼泪也淌了出来。我怜悯我的两个姐姐。我也怜悯我自己。

早晨我也会被她们的哭声惊醒。我就躺在床上，含着眼泪，祷告母亲保佑我的两个姐姐。

白天我常常望着签押房里灵帷前母亲的放大照像。我心里想着这时候母亲在什么地方。

家祭的一夜，我们三弟兄匍匐地跪在灵前蒲团上，听着一个表哥诵读父亲替我们做好的一篇祭文。

“……吾母竟弃不孝等而长逝矣……不孝等今竟为无母之人矣……”

诵读的声音很可笑。我不过是一个十岁的孩子，我细嚼着这两句话的滋味，我的眼泪滴在蒲团上了。

第二天灵柩就抬了出去，先寄殡在城外一座古庙里，后来安葬在磨盘山。父亲在一个坟墓里做好了两个穴。左边的一个是留给他自己用的。三年后他果然睡在那个穴里面了。

灵柩抬出去以后，家里的一切恢复了原状。母亲房里的陈设跟母亲在时并没有两样，只多了一张母亲的放大半身照像。

常常我走进父亲的房间，看不见母亲，还以为她在后房里，便温和地叫了一声“妈”。但是我马上就想起母亲已经是另一个世界里的人了。

我成了一个没有母亲的孩子。跟有母亲的堂兄弟们比起来，我深深地感到了没有母亲的孩子的悲哀。

也许是为了填补这个缺陷罢，父亲后来就为我们接了一个更年轻的母亲来。

这位新母亲待我们也很好。但是她并不能够医好我心上的那个伤痕。她不能够像死去的母亲那样的爱我，我也不能够像爱亡母那样的爱她。

这不是她的错，也不是我的错，因为在这之前我们原是两个彼此不了解的陌生的人。

母亲死后四个多月的光景二姐也死了。

二姐患的是所谓“女儿痨”的病。我们回到成都不久她就病了。有一次她几乎死掉，后来有人介绍四圣祠医院的一个英国女医生来治好了她。

因此母亲叫人买了刀叉做了西餐，请了四圣祠医院的几个“洋太太”到我们家里来吃饭。这是我们第一次跟西洋人接触。她们都会说中国话。我觉得她们也很和气。

母亲同那几个英国女医生做了朋友。她带着我到她们的医院里去玩过几次，也去看过病。她们送了我们一些西洋点心和好几本书。我很喜欢那本皮面精装的《新旧约全书》官话译本。不过那时候我并没有想到去读它。母亲死后，我们就没有跟那几个英国女医生来往了。

母亲一死，二姐就没有过一天好日子。大概是过分的悲痛毁坏了她的身体。

她一天天地瘦弱起来，脸上没有一点血色，面孔也是一天比一天憔悴。她常常提起母亲就哭，我很少看见她笑过。

“妈，你看二姐多可怜，你要好好地保佑二姐啊！”我常常在暗中祷告。

但是二姐的病依旧没有起色。父亲请了许多名医来给她诊断，都没有用。

冬天一到，二姐便睡倒了。谁看见她，都会叹息地说：她瘦得真可怜。

旧历十一月二十八日是祖父的生日，从那一天起，我们家里接连唱了三天戏。戏台在大厅上，天井里坐了十几桌客。全家的人带着笑容跑来跑去。

二姐一个人病在房里，听见这些闹声，她一定很难受。晚上客人散去了大半，父亲便叫人把二姐扶了出来，远远地坐在阶上看戏。

二姐坐在一把藤椅上，不能动，用失神的眼光茫然地望着戏台。我不知道她眼里看见的是什么景象。

脸瘦成了一张尖脸，嘴唇也枯了。我的心为爱、为怜悯而痛苦了。

“我要进去，”二姐把头略略一偏，做出不能忍耐的样子低声说。老妈子便把她扶了进去。

三天以后二姐就永远闭了她的眼睛，她也死在天明以前，那时候我在梦里，不能够看见她的最后一刻是怎样过去的。

我那天早晨做了一个奇怪的梦。我到了一个坟场。地方很宽，长满了草。中间有一座陌生人的坟。坟后长了几株参天的柏树。仿佛是在春天的早晨。阳光在树梢闪耀，坟前不少的野花正开出红的、黄的、蓝的、白的花朵。两三只蝴蝶在花间飞舞。树枝上还有些山鸟在唱歌。

我站在坟前看墓碑上刻的字，一阵微风把花香送进我的鼻子里。忽然坟后面响起了哭声。

我惊醒了。心跳得很厉害。我在床上躺了片刻。哭声依旧在我的耳边荡漾。我分辨出来这是三姐的哭声。

我感到了恐怖。我没有疑惑：二姐死了。

父亲忙着料理二姐的后事。过了一会儿，姨外婆坐了轿子来数数落落地哭了一场。

回到成都以后我还是一个小孩。能够同我在一块儿玩的，就只有三哥和几个年纪差不多的堂、表弟兄，此外还有几个仆人。在广元陪我们玩的香儿已经死了。

大哥已经成人。他喜欢和姐姐，堂姐，表姐们一块儿玩。

在我们这个大家庭里，我们这一辈的男男女女很多。我除了两个胞姐和三个堂姐外还有好几个表姐。她们和大哥的感情都很好。她们常常到我们家里来玩，这时候大哥就忙起来。姐姐、堂姐、表姐聚在一块儿，她们给大哥起了一个“无事忙”的绰号。

游戏的种类是很多的。大哥自然是中心人物。踢毽子，拍皮球，掷大观园图，行酒令。酒令有好几种，大哥房里就藏得有几副酒筹。

常常在傍晚，大哥和她们凑了一点钱，买了几样下酒的冷菜，还叫厨子做几样热菜。于是大家围着一张圆桌坐下来，一面行令，一面喝酒，或者谈一些有趣味的事情，或者评论《红楼梦》里面的人物。那时候在我们家里除了我们这几个小孩外，没有一个人不曾读过《红楼梦》。父亲在广元买了一部十六本头的木刻本，母亲有一部石印小本。大哥后来又买了一部商务印书馆出版的铅印本。我常常听见人谈论《红楼梦》，当时虽然不曾读它，就已经熟悉了书中的人物和事情。

后来有两个表姐离开了成都，二姐又跟着母亲死了。大哥和姐姐们的聚会当然没有以前那样的热闹，但是也还有新的参加者，譬如两个表哥和一个年轻的叔父（六叔）便是。我和三哥也参加过两三次。

不过我的趣味是多方面的。我跟着三哥他们组织了新剧团，又跟着六叔他们组织了侦探队。我还常常躲在马房里躺在轿夫的破床上烟灯旁边听他们讲青年时代的故事。

有一个时期我和三哥每晚上都要叫姜福陪着到可园去看戏。可园演的有川戏，也有京戏。我们一连看了两三个月。父亲是那个戏园的股东，有一厚本免费的戏票。而且座位是在固定的包厢里面，用不着临时去换票。我们爱看武戏，回来在家里也学着翻斤斗，翻杠杆。

父亲喜欢京戏。当时成都戏园加演京戏聘请京班名角，这种事情大半由他主持。由上海到成都来的京班角色，在登台之前常常先到我们家来吃饭。自然是父亲请客。他们有时也在我们的客厅里清唱。

有一次父亲请新到的八九个京班名角在客厅里吃饭。饭后大家正在花园里玩，那个唱老旦的宝幼亭（我们先听过了他的唱片）忽然神经错乱，跪在地上赌咒般地说了好些话。众人拉他，他不肯走，把父亲急得没有办法。我们在旁边觉得好笑。我和这些戏子都很熟，有时我还跟着父亲到后台去看他们化装。

一个唱青衣的小孩名叫张文芳，年纪不过十四五岁，当时在成都也受人欢迎。他的哥哥本来也唱青衣，如今嗓子坏了不再登台了，就管教弟弟，靠着弟弟过活。他也到我们家里来过一次。他完全是个小孩，并没有一点女人气。然而在戏里他却改换面目做了种种的薄命的女人。我看惯了他演的那些悲剧，一点也不喜欢。但是有一次离新年不远，我跟着父亲到了他们住的地方（大概就是在戏园里面），看见他穿一身短打，手里拿了一把木头的关刀寂寞地舞着，我不觉望着他笑了。我和他玩了好一会儿，问答了一些事情，直到父亲来带我回家的时候。我想，他的生活一定是很寂寞的罢。

然而说句公平的话，父亲对待戏子的态度很客气，他把他们当作朋友，所以能够得到他们的信任。他并没有玩过小旦。

三叔却不同，他喜欢一个川班的小旦李凤卿。祖父也喜欢李凤卿。有一次祖父带我去看戏。李凤卿包了头穿着粉红衫子在台上出现以后，祖父曾经带笑地问过我认不认识这个人。

李凤卿时常来找三叔。他也常常同我们谈话。他是一个非常亲切的人，会写一手娟秀的字。他虽然穿着男人的衣服，但是举动和说话都像女人，有时候手上、脸上还留着脂粉。

有一次三叔把李凤卿带到我们客厅里来化装照相。我看见他在那里包头，擦粉，踩跻。他先装扮成一个执长矛的古代的女将，后来就改扮做一个旗装贵妇。这两张照片后来都挂在三叔的房里，三叔还亲笔题了诗在上面。

李凤卿的境遇很悲惨。后来在祖父死后不多久他也病死了，剩下一个妻子，连埋葬费也没有。还是三叔出钱把他安葬了的。

三叔做了一副挽联吊他，里面有“……也当忍死须臾，待侬一诀”的话。

二叔也做过一副挽联，我还记得上下联的后半句是：“……哪堪一曲广陵，竟成绝响。……惆怅落花时节，何处重逢。”

后来二叔偶尔和教书先生谈起这件事情，那个六十岁的曹先生不觉惊讶地问道：

“ＸＸ先生竟然也好此道？他不愧是一个风雅士！”

这“ＸＸ先生”是指三叔。三叔在南充做知县的时候，曹先生是那个县的教官。曹先生到我们家来教书还是三叔介绍的。李凤卿当时在南充唱戏，三叔在那里认识了他。

听见“风雅士”三个字，就跟平日听见营先生说的“大清三百年来深仁厚泽决沦肌髓”的话一样，我觉得非常肉麻。

二叔对曹先生谈起李凤卿的生平。他本是一个小康人家的子弟。十三四岁时给仇人抢了去，因为他家里不肯出钱赎取，他就被人坏了身子卖到戏班里去，做了旦角。

五叔后来也玩过川班的旦角。他还替他们编过剧本。

我们组织过一个新剧团，在桂堂后面竹林里演新剧。竹林前面有一块空地，就做了我们的舞台。我们用复写纸印了许多张戏票送人，拉别人来看我们的表演。

我们的剧本是自己胡乱编的，里面没有一个女角。主要演员是六叔、二哥（二叔的儿子）、三哥和香表哥；我和五弟（也是二叔的儿子）两个只做配角，或者在戏演完以后做点翻杠杆的表演。看客多半是女的，就是姐姐、堂姐、表姐们。我们用种种方法强迫她们来看，而且一定要戏演完才许她们走。

父亲也被我们拉来了。他居然坐在那里看完我们演的戏。他又给我们编了一个叫做《知事现形记》的剧本。二哥和三哥扮着戏里面两个主角表演得有声有色的时候，父亲也哈哈地笑起来。

在公馆里我有两个环境，我一部分时间跟所谓“上人”在一起生活，另一部分时间又跟所谓“下人”在一起生活。

我常常爱管闲事，我常常在门房、马房、厨房里面和仆人、马夫们一起玩，常常向他们问这问那，因此他们都叫我做“稽查”。

有时候轿夫们在马房里煮饭，我就替他们烧火，把一些柴和枯叶送进那个柴灶里去。他们打纸牌时，我也在旁边看，常常给那个每赌必输的老唐帮忙。有时候他们也诚恳地对我倾吐他们的痛苦，或者坦白地批评主人们的好坏。他们对我什么事都不隐瞒。他们把我当作一个同情他们的小朋友。我需要他们帮忙的时候，他们也没有一点吝惜。

我生活在仆人、轿夫中间。我看见他们怎样怀着原始的正义的信仰过那种受苦的生活，我知道他们的欢乐和痛苦，我看见他们怎样跟贫苦挣扎而屈服、而死亡。六十岁的老书僮赵升病死在门房里。抽大烟的仆人周贵偷了祖父的字画被赶出去，后来做了乞丐，死在街头。一个老轿夫离开我们家，到斜对面一个亲戚的公馆里当看门人，不知道怎样竟然用一根裤带吊死在大门里面。这一类的悲剧以及那些活着的“下人”的沉重的生活负担，如果我一一叙述出来，一定会使最温和的人也无法制止他的愤怒。

我在污秽寒冷的马房里听那些老轿夫在烟灯旁叙述他们痛苦的经历，或者在门房里黯淡的灯光下听到仆人发出绝望的叹息的时候，我眼里含着泪珠，心里起了火一般的反抗的思想。我宣誓要做一个站在他们这一边、帮助他们的人。

我同他们的友谊一直继续到我离开成都的时候。不过我进了外国语专门学校以后，就很少有时间在门房和马房里面玩了。接着我又参加了社会运动。

我早就不到厨房里去了，因为我不高兴看谢厨子和老妈子调情（他后来就同祖父的一个老妈子结了婚，那个女人原是一个寡妇），而且谢厨子仗着祖父喜欢他，常常欺凌别人，也使我不满意他，虽然我从前常常到厨房去看他烧菜做点心。

我愈是多和“下人”在一起，愈是讨厌“上人”中间那些虚伪的礼节和应酬。有两次在除夕全家的人在堂屋里敬神，我却躲在马房里轿夫的破床上。那里没有人，没有灯，外面有许多人叫我，我也不应。我默默地听着爆竹声响了又止了，再过一会儿我才跑出来回到自己的房间去。

家里平日敬神的时候，我也会设法躲开。我为了这些事情常常被人嘲笑，但是我始终照自己的意思做。

六叔、二哥、奉表哥三个人合作办了一种小说杂志，名称就叫《十日》，一个月出三本，每本用复写纸印了五六份。

我是杂志的第一个订户。大哥把他那篇最得意的哀情小说在《十日》杂志第一期上面发表了，所以他们也送他一份。还有一个奉表哥也投了一篇得意的稿子。

在我们家里大哥是第一个写小说的人。他的小说是以“暮春三月，江南草长，杂花生树，群莺乱飞，”的旧句开始的。奉表哥的小说是以“杏花深处，一角红楼，”的句子开始的。接着就是“斗室中有一女郎在焉。女郎者何，X 其姓，X X 其名，”诸如此类的公式文章。把“女郎”两个字改作“少年”就成了另一篇小说。小说的结局离不掉情死，后面还有一封情人的绝命书。

我对于《十日》杂志上千篇一律的才子佳人的哀情小说感不到兴趣。而且我亲眼看见他们写小说时分明摊开了好几本书在抄袭。这些书有尺牍，有文选，有笔记，有上海新出的流行小说和杂志。小说里每段描写景物的四六句子，照例是从尺牍或者文选上面抄来的。他们写小说并不费力。不过对于那三个创办杂志的人的抄录、装订、绘图的种种苦心我却是很佩服。

《十日》杂志出版了三个月，我只花了九个铜元的订费，就得到厚厚的九本书。

民国六年春天成都发生了第一次巷战。在这七天川军同滇军的巷战中，我看见了不少可怕的流血的景象。

在这时候二叔的两个儿子，二哥和五弟突然患白喉症死了。我在几天的功夫就失掉了两个同伴。

他们本来可以不死，但是因为街上断绝了行人，请不到医生来治病，只得让他们躺在家里，看着病一天天地加重。等到后来两个轿夫背着他们跨过战壕，冒着枪林弹雨赶到医院时，他们已是奄奄一息了。

战事刚刚停止，我和三哥也患了喉症。我们的病还没有好，父亲就病死了。

父亲很喜欢我。他平时常常带着我一个人到外面去玩。在他的病中他听说我的病好多了，想看我，便叫人来陪我到他的房里去。

我走到床前，跪在踏脚凳上，望着他的憔悴的脸，叫了一声“爹”。

“你好了？”他伸出手抚摩我的头。“你要乖乖的。不要老是拼命叫‘罗嫂！罗嫂！’你要常常来看我啊！”罗嫂是在我们病中照料我们的那个老妈子。

父亲微微笑了。

“好，你回去休息罢。”过了半晌父亲这样吩咐了一句。

第三天父亲就去世了。他第一次昏过去的时候，我们围在床前哭唤他。他居然醒了转来。我们以为他不会死了。

但是不到一刻钟光景，他又开始在床上抽气了。我们看着他一秒钟一秒钟地死下去。

于是我的环境马上改变了。好像发生了惊天动地的剧变。

满屋子都是哭声。

晚上我和三哥坐在房间里：望着黯淡的清油灯光落泪。大哥忽然跑进来，在床沿上坐下去，哭着说：“三弟，四弟，我们……如今……没有……父亲……了……”

我们弟兄三个痛哭起来。

自从父亲接了继母进来以后，我们就搬到左边厢房里住。后来祖父吩咐把我们紧隔壁的那间停过母亲灵柩的签押房装修好，做了大哥结婚时的新房。大哥和嫂嫂就住在我们的隔壁。

这时候嫂嫂在隔壁听见了我们的哭声，便走过来劝慰大哥。他们夫妇埋着头慢慢地出去了。

父亲埋葬了以后，我心里更空虚了。我常常踯躅在街头，我总觉得父亲在我的前面，仿佛我还是依依地跟着父亲走路，因为父亲平时不大喜欢坐轿，常常带了我在街上慢步闲走。

但是一走到行人拥挤的街心，跟来往的人争路时，我才明白我是孤零零的一个人。

从此我就失掉了人一生只能够有一个的父亲了。

父亲死后不久，成都又发生了更激烈的巷战。结果黔军被川军赶走了，全城的房屋却烧毁了很多。不用说我们受了惊，可是并没有大的损失。

我们自然有饭吃，只是缺少蔬菜和油荤。

在马房里轿夫们喝着烧酒嚼着干锅魁（大饼）来充塞肚里的饥饿，他们买不到米做饭。

枪炮声，火光，流血，杀人，以及种种残酷的景象。而且我们偶尔也挨近了死的边缘。……

巷战不久就停止了。然而军阀割据的局面却一直继续下去，到现在还没有打破。

三哥已经进了中学，但是父亲一死，我进中学的希望便断绝了。祖父从来不赞成送子弟进学校读书。现在又没有人出来替我讲话。

我便开始跟着香表哥念英文。每天晚上他到我们家里来教我，并不要报酬。这样继续了三年。他还帮助我学到一点其他的知识。祖父死后我和三哥进了外国语专门学校，我就没有时间跟着香表哥念书。他后来结了婚，离开了成都，到乐山教书去了。

香表哥是一个真挚而又聪明的青年。当时像他那样有学识的年轻人，在我们亲戚中间已经是很难得的了。然而家庭束缚了他，使他至今还在生活的负担下面不断地发出绝望的呻吟，白白地浪费了他的有为的青春。

但是提起他，我却不能不充满了感激。我的智力的最初发展是得到两个人的帮助的，其中的一个就是他。还有一个是大哥，大哥买了不少的新书报，使我能够贪婪地读完了它们。而且我和三哥一块儿离开成都到上海，以及后来我一个人到法国去念书，都少不了他的帮助。虽然为着去法国的事情我跟他起过争执，但是他终于顺从了我的意思。

在我的心里永远藏着对于这两个人的感激。我本来是一个愚蠢的、孤僻的孩子。要是没有他们的帮助，也许我至今还是一个愚蠢的、孤僻的人罢。

父亲的死使我懂得了更多的事情。我的眼睛好像突然睁开了，我更看清楚了我们这个富裕大家庭的面目。

这个富裕的大家庭变成了一个专制的大王国。在和平的、友爱的表面下我看见了仇恨的倾轧和斗争；同时在我的渴望自由发展的青年的精神上，“压迫”像沉重的石块重重地压着。

我的身子给绑得太紧了，不能够动弹。我也不能够摔掉肩上的重压。我把全部的时间用来读书。书本却蚕食了我的健康。

我一天一天地瘦下去。父亲死后的一年中间我每隔十几天就要病倒一次，而且整个冬天一直在吞丸药。

第二年秋天我进了青年会的英文补习学校。祖父知道了这件事情，也不干涉，因为他听说学会英文可以考进邮局工作，他又知道邮局的薪金相当高，薪水是现金，而且逐年增加，位置又稳固，不会因政变或其他的人事变动而失业。我的一位舅父当时是邮局的一个高级职员，亲友们都羡慕他的这个“好位置”。

我在青年会上了一个月的课就生了三次病。祖父知道了便要我在家里静养。不过他同意请香表哥到我们家里来正式教我念英文，还吩咐按月送束脩给香表哥。其实所谓束脩的数目也很小，不是一元，便是两元。

自从父亲死后，祖父对我的态度也渐渐地改变。他开始关心我、而且很爱我。后来他听见人说牛奶很“养人”，便出钱给我订了一份牛奶。他还时常把我叫到他的房里去，对我亲切地谈一些做人处世的话。甚至在他临死前发狂的一个月中间他也常常叫人把我找去。我站在他的床前，望着他。他的又黑又瘦的老脸上露出微笑，眼里却淌了泪水。

以前在我们祖孙两个中间并没有什么感情。我不曾爱过祖父，我只是害怕他；而且有时候我还把他当作专制、压迫的代表，我的确憎恨过他。

但是在他最后的半年里不知道怎样，他的态度完全改变了，我对他也开始发生了感情。

然而时间是这么短！在这一年的最后一天（旧历），我就失掉了他。

新年中别的家庭里充满了喜悦，爆竹声挨门挨户地响起来。然而在众人的欢乐中，我们一家人却匍匐在灵前哀哀地哭着死去的祖父。

这悲哀一半是虚假的，因为在祖父死后一个多星期的光景，叔父们就在他的房间里开会处分了他的东西，而且后来他们还在他的灵前发生过争吵。

可惜祖父没有知觉了，不然他对于所谓“五世同堂”的好梦也会感到幻灭罢，我想他的病中的发狂决不是没有原因的。

祖父是一个能干的人。他在曾祖死后，做了多年的官，后来“告归林下”。他买了不少的田产，修了漂亮的公馆，收藏了好些古玩字画。他结过两次婚，讨了两个姨太太，生了五儿一女，还见到了重孙（大哥的儿子）。结果他把儿子们造成了彼此不相容的仇敌，在家庭里种下了长期争斗的根源，他自己依旧免不掉发狂地死在孤独里。并没有人真正爱他，也没有人真正了解他。

祖父一死，家庭就变得更黑暗了。新的专制压迫的代表起来代替了祖父，继续拿旧礼教把“表面是弟兄暗中是仇敌”的几房人团结在一起，企图在二十世纪中维持封建时代的生活方式。结果产生了更多的争斗和倾轧，造成了更多的悲剧，而裂痕依旧是一天一天地增加，一直到最后完全崩溃的一天。

祖父像一个旧家庭制度的最后的卫道者那样地消灭了。对于他的死我并没有遗憾。虽然我在悲悼失掉了一个爱我的人，但是同时我也庆幸我获得了自由。从这天起在我们家里再没有一个人可以支配我的行动了。

祖父死后不到半年，在一九二〇年暑假我和三哥就考进了外国语专门学校，从补习班读到预科、本科，在那里接连念了两年半的书。在学校里因为我没法交出中学毕业文凭，后来改成了旁听生，被剥夺了获得毕业文凭的权利。这件事情竟然帮助我打动了继母和大哥的心，使他们同意我抛弃了学业同三哥一路到上海去。

民国十二年（一九二三年）春天在枪林弹雨中保全了性命以后，我和三哥两个就离开了成都的家。大哥把我们送到木船上，他流着眼泪离开了我们。那时候我的悲哀是很大的。但是一想到近几年来我的家庭生活，我对于旧家庭并没有留恋。我离开旧家庭不过像甩掉一个可怕的阴影。但是还有几个我所爱的人在那里呻吟憔悴地等待宰割，我因此不能不感到痛苦。在过去的十几年中间我已经用眼泪埋葬了不少的尸体，那些都是不必要的牺牲者，完全是被陈旧的礼教和两三个人一时的任性杀死的。

一个理想在前面向我招手，我的眼前是一片光明。我怀着大的勇气离开了我住过十七年的成都。

那时候我已经受了新文化运动的洗礼，而且参加了社会运动，创办了新的刊物，并且在刊物上写了下面的两个短句作为我的生活的目标了：

“奋斗就是生活，

人生只有前进。”

做大哥的人

我的大哥生来相貌清秀，自小就很聪慧，在家里得到父母的宠爱，在书房里又得到教书先生的称赞。看见他的人都说他日后会有很大的成就。母亲也很满意这样一个“宁馨儿”。

他在爱的环境里逐渐长成。我们回到成都以后，他过着一位被宠爱的少爷的生活。辛亥革命的前夕，三叔带着两个镖客回到成都。大哥便跟镖客学习武艺。父亲对他抱着很大的希望，想使他做一个“文武全才”的人。

每天早晨天还没有大亮，大哥便起来，穿一身短打，在大厅上或者天井里练习打拳使刀。他从两个镖客那里学到了他们的全套本领。我常常看见他在春天的黄昏舞动两把短刀。两道白光连接成了一根柔软的丝带，蛛网一般地掩盖住他的身子，像一颗大的白珠子在地上滚动。他那灵活的舞刀的姿态甚至博得了严厉的祖父的赞美，还不说那些胞姐、堂姐和表姐们。

他后来进了中学。在学校里他是一个成绩优良的学生，四年课程修满毕业的时候他又名列第一。他得到毕业文凭归来的那一天，姐姐们聚在他的房里，为他的光辉的前程庆祝。他们有一个欢乐的聚会。大哥当时对化学很感兴趣，希望毕业以后再到上海或者北京的有名的大学里去念书，将来还想到德国去留学。他的脑子里装满了美丽的幻想。

然而不到几天，他的幻想就被父亲打破了，非常残酷地打破了。因为父亲给他订了婚，叫他娶妻了。

这件事情他也许早猜到一点点，但是他料不到父亲就这么快地给他安排好了一切。在婚姻问题上父亲并不体贴他，新来的继母更不会知道他的心事。

他本来有一个中意的姑娘，他和她中间似乎发生了一种旧式的若有若无的爱情。那个姑娘是我的一个表姐，我们都喜欢她，都希望他能够同她结婚，然而父亲却给他另外选了一个张家姑娘。

父亲选择的方法也很奇怪，当时给大哥做媒的人有好几个，父亲认为可以考虑的有两家。父亲不能够决定这两个姑娘中间究竟哪一个更适宜做他的媳妇，因为两家的门第相等，请来做媒的人的情面又是同样的大。后来父亲就把两家的姓写在两方小红纸块上面，揉成了两个纸团，捏在手里，到祖宗的神主面前诚心祷告了一番，然后随意拈起了一个纸团。父亲拈了一个“张”字，而另外一个毛家的姑娘就这样的被淘汰了。（据说母亲在时曾经向表姐的母亲提过亲事，而姑母却以“自己已经受够了亲上加亲的苦，不愿意让女儿再来受一次”这理由拒绝了，这是三哥后来告诉我的。拈阄的结果我却亲眼看见。）

大哥对这门亲事并没有反抗，其实他也不懂得反抗。我不知道他向父亲提过他的升学的志愿没有，但是我可以断定他不会向父亲说起他那若有若无的爱情。

于是嫂嫂进门来了。祖父和父亲因为大哥的结婚在家里演戏庆祝。结婚的仪式自然不简单。大哥自己也在演戏，他一连演了三天的戏。在这些日子里他被人宝爱着像一个宝贝；被人玩弄着像一个傀儡。他似乎有一点点快乐，又有一点点兴奋。

他结了婚，祖父有了孙媳，父亲有了媳妇，我们有了嫂嫂，别的许多人也有了短时间的笑乐。但是他自己也并非一无所得。他得了一个体贴他的温柔的姑娘。她年轻，她读过书，她会做诗，她会画画。他满意了，在短时期中他享受了以前所不曾梦想到的种种乐趣。在短时期中他忘记了他的前程，忘记了升学的志愿。他陶醉在这个少女的温柔的抚爱里。他的脸上常带笑容，他整天躲在房里陪伴他的新娘。

他这样幸福地过了两三个月。一个晚上父亲把他唤到面前吩咐道："你现在接了亲，房里添出许多用钱的地方；可是我这两年来入不敷出，又没有多余的钱给你们用，我只好替你找个事情混混时间，你们的零用钱也可以多一点。"

父亲含着眼泪温和地说下去。他唯唯地应着，没有说一句不同意的话。可是回到房里他却倒在床上伤心地哭了一场。他知道一切都完结了！

一个还没有满二十岁的青年就这样的走进了社会。他没有一点处世的经验，好像划了一只独木舟驶进了大海，不用说狂风大浪在等着他。

在这些时候他忍受着一切，他没有反抗，他也不知道反抗。

月薪是二十四元。为了这二十四个银元的月薪他就断送了自己的前程。

然而灾祸还不曾到止境。一年以后父亲突然死去，把我们这一房的生活的担子放到他的肩上。他上面有一位继母，下面有几个弟弟妹妹。

他埋葬了父亲以后就平静地挑起这个担子来。他勉强学着上了年纪的人那样来处理一切。我们一房人的生活费用自然是由祖父供给的。（父亲的死引起了我们大家庭第一次的分家，我们这一房除了父亲自己购置的四十亩田外，还从祖父那里分到了两百亩田。）他用不着在这方面操心。然而其他各房的仇视、攻击、陷害和暗斗却使他难于应付。他永远平静地忍受了一切，不管这仇视、攻击、陷害和暗斗愈来愈厉害。他只有一个办法：处处让步来换取暂时的平静生活。

后来他的第一个儿子出世了。祖父第一次看见了重孙，自然非常高兴。大哥也感到了莫大的快乐。儿子是他的亲骨血，他可以好好地教养他，在他的儿子的身上实现他那被断送了的前程。

他的儿子一天一天长大起来，是一个非常聪明可爱的孩子，得到了我们大家的喜爱。

接着五四运动发生了。我们都受到了新思潮的洗礼。他买了好些新书报回家。我们（我们三弟兄和三房的六姐，再加上一个香表哥）都贪婪地读着一切新的书报，接受新的思想。然而他的见解却比较温和。他赞成刘半农的"作揖主义"和托尔斯泰的"无抵抗主义"。他把这种理论跟我们大家庭的现实环境结合起来。

他一方面信服新的理论，一方面依旧顺应旧的环境生活下去。顺应环境的结果，就使他逐渐变成了一个有两重人格的人。在旧社会，旧家庭里他是一位暮气十足的少爷；在他同我们一块儿谈话的时候，他又是一个新青年了。这种生活方式是我和三哥所不能够了解的，我们因此常常责备他。我们不但责备他，而且时常在家里做一些带反抗性的举动，给他招来祖父的更多的责备和各房的更多的攻击与陷害。

祖父死后，大哥因为做了承重孙（听说他曾经被一个婶娘暗地里唤做"承重老爷"），便成了明枪暗箭的目标。他到处磕头作揖想讨好别人，也没有用处；同时我和三哥带反抗性的言行又给他招来更多的麻烦。

我和三哥不肯屈服。我们不愿意敷衍别人，也不愿意牺牲自己的主张，我们对家里一切不义的事情都要批评，因此常常得罪叔父和婶娘。他们没有办法对付我们，因为我们不承认他们的威权。他们只好在大哥的身上出气，对他加压力，希望通过他使我们低头。不用说这也没有用。可是大哥的处境就更困难了。他不能够袒护我们，而我们又不能够谅解他。

有一次我得罪了一个婶娘，她诬我打肿了她的独子的脸颊。

我亲眼看见她自己在盛怒中把我那个堂弟的脸颊打肿了，她却牵着堂弟去找我的继母讲理。大哥要我向她赔礼认错，我不肯。他又要我到二叔那里去求二叔断公道。但是我并不相信二叔会主张公道。结果他自己代我赔了礼认错，还受到了二叔的申斥。他后来到我的房里，含着眼泪讲了一两个钟头，惹得我也淌了泪。但是我并没有答应以后改变态度。

像这样的事情是很多的。他一个人平静地代我们受了好些过，我们却不能够谅解他的苦心。我们说他的牺牲是不必要的。我们的话也并不错，因为即使没有他代我们受过承担了一切，叔父和婶娘也无法加害到我们的身上来。不过麻烦总是免不了的。

然而另一个更大的打击又来了。他那个聪明可爱的儿子还不到四岁，就害脑膜炎死掉了。他的希望完全破灭了。他的悲哀是很大的。

他的内心的痛苦已经深到使他不能够再过平静的生活了。在他的身上偶尔出现了神经错乱的现象。他称这种现象做“痰病”。幸而他发病的时间不多。

后来他居然帮助我和三哥（二叔也帮了一点忙，说句公平的话，二叔后来对待大哥和我们相当亲切）同路离开成都，以后又让我单独离开中国。他盼望我们几年以后学到一种专长就回到成都去“兴家立业”。但是我和三哥两个都违背了他的期望。我们一出川就没有回去过。尤其是我，不但不进工科大学，反而因为到法国的事情写过两三封信去跟他争论，以后更走了与他的期望相反的道路。不仅他对我绝了望，而且成都的亲戚们还常常拿我来做坏子弟的榜样，叫年轻人不要学我。

我从法国回来的第二年他也到了上海。那时三哥在北平，没有能够来上海看他。我们分别了六年如今又有机会在一起谈笑了，两个人都很高兴。我们谈了别后的许多事情，谈到三姐的惨死，谈到二叔的死，谈到家庭间的种种怪现象。我们弟兄的友爱并没有减少，但是思想的差异却更加显著了。他完全变成了旧社会中一位诚实的绅士了。

他在上海只住了一个月。我们的分别是相当痛苦的。我把他送到了船上。他已经是泪痕满面了。我和他握了手说一句："一路上好好保重。"正要走下去，他却叫住了我。他进了舱去打开箱子，拿出一张唱片给我，一面抽咽地说："你拿去唱。"我接到手一看，是 G. F. 女士唱的《Sonny Boy》[1]，两个星期前我替他在谋得利洋行买的。他知道我喜欢听这首歌，所以想起了把唱片拿出来送给我。然而我知道他也同样地爱听它。这时候我很不愿意把他喜欢的东西从他的手里夺去。但是我又一想我已经有许多次违抗过他的劝告了，这一次我不愿意在分别的时候使他难过，表弟们在下面催促我。我默默地接过了唱片。我那时的心情是不能够用文字表达的。

我和表弟们坐上了划子，让黄浦江的风浪颠簸着我们。我望着外滩一带的灯光，我记起我是怎样地送别了一个我所爱的人，我的心开始痛起来，我的不常哭泣的眼睛里竟然淌下了泪水。

他回到成都写了几封信给我。后来他还写过一封诉苦的信。他说他会自杀，倘使我不相信，到了那一天我就会明白一切。但是他始终未说出原因来。所以我并不曾重视他的话。

然而在一九三一年春天的一个早晨，他果然就用毒药断送了他的年轻的生命。两个月以后我才接到了他的二十几页的遗书。在那上面我读着这样的话：

> 卖田以后……我即另谋出路。无如我求速之心太切，以为投机事业虽险，却很容易成功。前此我之所以失败，全是因为本钱是借贷来的，要受时间和大利的影响。现在我们自

① 格蕾西·菲尔兹唱的《宝贝儿子》。

己的钱放在外边一样收利，我何不借自己的钱来做，一则利息也轻些，二则不受时间影响。用自己的钱来做，果然得了小利。……所以陆续把存放的款子提回来，作贴现之用，每月可收百数十元。做了几个月，很顺利。于是我就放心大胆地做去了。……哪晓得年底一病就把我毁了[①]，等我病好出外一看，才知道我们的养命根源已经化成了水。好，好！既是这样，有什么话说！所以我生日那天，请大家看戏后，就想自杀。但是我实在舍不得家里的人。多看一天算一天，混一天。现在混不下去了。我也不想向别人骗钱来用。算了罢。如果活下去，那才是骗人呢。……我死之后不用什么埋葬，随便分尸也可，或者听野兽吃也可。因我应得之罪累及家人受此痛苦，望从重对我的尸体加以处罚……

这就是大哥自杀的动机了。他究竟是为了顾全绅士的面子而死，还是因为不能够忍受未来的更痛苦的生活，我虽然熟读了他的遗书，被里面一些极凄惨的话刺痛了心，但是我依旧不能够了解。我只知道他不愿意死，而且他也没有死的必要。我知道他写了三次遗书，又三次把它毁了。甚至在第四次的遗书里他还不自觉地喊着："我不愿意死。"然而他终于像一个诚实的绅士那样吞食了自己摘下的苦果而死去了。结果他在那般虚伪的绅士眼前失掉了面子，并且把更痛苦的生活留给他的妻子和一儿四女（其中有四个我并未见过）。我们的叔父婶娘们在他死后还到他的家里逼着讨他生前欠的债；至于别人借他的钱，那就等于"付之东流"了。

大哥终于做了一个不必要的牺牲者而死去了。他这一生完全是在敷衍别人，任人播弄。他知道自己已经逼近了深渊，却依旧

---

① 因为在他的病中好几家银行倒闭了，他并不知道。

跟着垂死的旧家庭一天一天地陷落下去，终于到了完全灭顶的一天。他便不得不像一个诚实的绅士那样拿毒药做他唯一的拯救了。

他被旧礼教、旧思想害了一生，始终不能够自拔出来。其实他是被旧制度杀死的。然而这也是咎由自取。在整个旧制度大崩溃的前夕，对于他的死我不能有什么遗憾。然而一想到他的悲惨的一生，一想到他对我所做过的一切，一想到我所带给他的种种痛苦，我就不能不痛切地感觉到我丧失了一个爱我最深的人了。

我的幼年

窗外落着大雨，屋檐上的水槽早坏了，这些时候都不曾修理过，雨水就沿着窗户从缝隙浸入屋里，又从窗台流到了地板上。

我的书桌的一端正靠在窗台下面，一部分的雨水就滴在书桌上，把堆在那一角的书、信和稿件全打湿了。

我已经躺在床上，听见滴水的声音才慌忙地爬起来，扭燃电灯。啊，地板上积了那么一大摊水！我一个人吃力地把书桌移开，使它离窗台远一些。我又搬开了那些水湿的书籍，这时候我无意间发见了你的信。

你那整齐的字迹和信封上的香港邮票吸引了我的眼光，我拿起信封抽出了那四张西式信笺。我才记起四个月以前我在怎样的心情下面收到你的来信。我那时没有写什么话，就把你的信放在书堆里，以后也就忘记了它。直到今天，在这样的一个雨夜，你的信又突然在我的眼前出现了。朋友，你想这时候我还能够把它放在一边、自己安静地躺回到床上闭着眼睛睡觉吗？

“为了这书，我曾在黑暗中走了九英里的路，而且还经过三个冷僻荒凉的墓场。那是在去年九月二十三夜，我去香港，无意中见到这书，便把袋中仅有的钱拿来买了。这钱我原本打算留来坐 Bus 回鸭巴甸的。”

在你的信里我读到这样的话。它们在四个月以前曾经感动了我。就在今天我第二次读到它们，我还仿佛跟着你在黑暗中走路，走过那些荒凉的墓场。你得把我看做你的一个同伴，因为我是一个和你一样的人，而且我也有过和这类似的经验。这样的经验我确实有的太多了。从你的话里我看到了一个时期的我的面影。年光在我的面前倒流过去，你的话使我又落在一些回忆里面了。

你说，你希望能够更深切地了解我。你奇怪是什么东西把我养育大的？朋友，这并不是什么可惊奇的事，因为我一生过的是“极平凡的生活”。我说过，我生在一个古老的家庭里，有将近二十个的长辈，有三十个以上的兄弟姊妹，有四五十个男女仆人，但这样简单的话是不够的。我说过我从小就爱和仆人在一起，我是在仆人中间长大的。但这样简单的话也还是不够的。我写出了一部分的回忆，但我同时也埋葬了另一部分的回忆。我应该写出的还有许多、许多的事情。

是什么东西把我养育大的？我常常拿这个问题问我自己。当我这样问的时候，最先在我的脑子里浮动的就是一个“爱”字。父母的爱，骨肉的爱，人间的爱，家庭生活的温暖，我的确是一个被人爱着的孩子。在那时候一所公馆便是我的世界，我的天堂。我爱一切的生物，我讨好所有的人。我愿意揩干每张脸上的眼泪，我希望看见幸福的微笑挂在每个人的嘴边。

然而死在我的面前走过了。我的母亲闭着眼睛让人家把她封在棺材里。从此我的生活里缺少了一样东西。父亲的房间突然变得空阔了。我常常在几间屋子里跑进跑出，唤着“妈”这个亲爱的字。我的声音白白地被寂寞吞食了，墙壁上母亲的照片也不看我一眼。死第一次在我的心上投下了阴影。我开始似懂非懂地了

解恐怖和悲痛的意义了。

我渐渐地变成了一个爱思想的孩子。但是孩子的心究竟容易忘记，我不会整天垂泪。我依旧带笑带吵地过日子。孩子的心就像一只羽毛刚刚长成的小鸟，它要飞，飞，只想飞往广阔的天空去。

幼稚的眼睛常常看不清楚。小鸟怀着热烈的希望展翅向天空飞去，但是一下子就碰着铁丝网落了下来。这时我才知道，自己并不是在自由的天空下面，却被人关在一个铁丝笼里。家庭如今换上了一个面目，它就是阻碍我飞翔的囚笼。

然而孩子的心是不怕碰壁的。它不知道绝望，它不知道困难，一次做失败的事情，还要接二连三地重做。铁丝的坚硬并不能够毁灭小鸟的雄心。经过几次的碰壁以后，连安静的孩子也知道反抗了。

同时在狭小的马房里，我躺在那些病弱的轿夫的烟灯旁边，听他们叙述悲痛的经历；或者在寒冷的门房里，傍着黯淡的清油灯光，听衰老的仆人绝望地倾诉他们的胸怀。那些没有希望只是忍受苦刑般地生活着的人的故事，在我的心上投下了第二个阴影。而且我的眼睛还看得见周围的一切。一个抽大烟的仆人周贵偷了祖父的字画被赶出去做了乞丐，每逢过年过节，偷偷地跑来，躲在公馆门前石狮子旁边，等着机会央求一个从前的同事向旧主人讨一点赏钱，后来终于冻馁地死在街头。老仆人袁成在外面烟馆里被警察接连捉去两次，关了几天才放出来。另一个老仆人病死在门房里。我看见他的瘦得像一捆柴的身子躺在大门外石板上，盖着一张破席。一个老轿夫出去在斜对面一个亲戚的家里做看门人，因为别人硬说他偷东西，便在一个冬天的晚上用了一根裤带吊死在大门内。当这一切在我的眼前发生的时候，我含着眼泪，心里起了火一般的反抗的思想。我说我不要做一个少爷，我要做一个站在他们一边，帮助他们的人。

反抗的思想鼓舞着这只不知天高地厚的小鸟用力往上面飞，要冲破那个铁丝网。但铁丝网并不是软弱的翅膀所能够冲破的。碰壁的次数更多了。这其间我失掉了第二个爱我的人——父亲。

我悲痛我的不能补偿的损失。但是我的生活使我没有时间专为个人的损失悲哀了。因为这个富裕的大家庭在我的眼前变成了一个专制的王国。仇恨的倾轧和斗争掀开平静的表面爆发了。势力代替了公道。许多可爱的年轻的生命在虚伪的礼教的囚牢里挣扎，受苦，憔悴，呻吟以至于死亡。然而我站在旁边不能够帮助他们。同时在我的渴望发展的青年的灵魂上，陈旧的观念和长辈的威权像磐石一样沉重地压下来。“憎恨”的苗于是在我的心上发芽生叶了。接着“爱”来的就是这个“恨”字。

年轻的灵魂是不能相信上天和命运的。我开始觉得现在社会制度的不合理了。我常常狂妄地想：我们是不是能够改造它，把一切事情安排得更好一点。但是别人并不了解我。我只有在书本上去找寻朋友。

在这种环境中我的大哥渐渐地现出了疯狂的倾向。我的房间离大厅很近，在静夜，大厅里的任何微弱的声音我也可以听见。大厅里放着五六乘轿子，其中有一乘是大哥的。这些时候大哥常常一个人深夜跑到大厅上，坐到他的轿子里面去，用什么东西打碎轿帘上的玻璃。我因为读书睡得很晚，这类声音我不会错过。我一听见玻璃破碎声，我的心就因为痛苦和愤怒痛起来了。我不能够再把心关在书上，我绝望地拿起笔在纸上涂写一些愤怒的字眼，或者捏紧拳头在桌上捶。

后来我得到了一本小册子，就是克鲁泡特金的《告少年》(这是节译本)。我想不到世界上还有这样的书！这里面全是我想说而没法说得清楚的话。它们是多么明显，多么合理，多么雄辩。而且那种带煽动性的笔调简直要把一个十五岁的孩子的心烧成灰了。我把这本小册子放在床头，每夜都拿出来，读了流泪，流过泪又笑。那本书后面附印着一些警句，里面有这样的一句话："天下第一乐事，无过于雪夜闭门读禁书。"我觉得这是千真万确的。从这时起，我才开始明白什么是正义。这正义把我的爱和恨调和起来。

但是不久，我就不能以"闭门读禁书"为满足了。我需要活动来发散我的热情；需要事实来证实我的理想。我想做点事情，可是我又不知道应该怎样地开头去做。没有人引导我。我反复地翻阅那本小册子，译者的名字是真民，书上又没有出版者的地址，不过给我这本小册子的人告诉我可以写信到上海新青年社去打听。我把新青年社的地址抄了下来，晚上我郑重地摊开信纸，怀着一颗战栗的心和求助的心情，给《新青年》的编者写信。这是我一生写的第一封信，我把我的全心灵都放在这里面，我像一个谦卑的孩子，我恳求他给我指一条路，我等着他来吩咐我怎样献出我个人的一切。

信发出了。我每天不能忍耐地等待着，我等着机会来牺牲自己，来消耗我的活力。但是回信始终没有来。我并不抱怨别人，我想或者是我还不配做这种事情。然而我的心并不曾死掉，我看见上海报纸上载有赠送《夜未央》的广告，便寄了邮票去。在我的记忆还不曾淡去时，书来了，是一个剧本。我形容不出这本书给我的激动。它给我打开了一个新的眼界。我第一次在另一个国家的青年为人民争自由谋幸福的斗争里找到了我的梦景中的英雄，找到了我的终身的事业。

大概在两月以后，我读到一份本地出版的《半月》，在那上面我看见一篇《适社的旨趣和组织大纲》，这是转载的文章。那意见和那组织正是我朝夕所梦想的。我读完了它，我的心跳得很厉害。我无论如何不能够安静下去。两种冲突的思想在我的脑子里争斗了一些时候。到夜深，我听见大哥的脚步声在大厅上响了，我不能自主地取出信纸摊在桌上，一面听着玻璃打碎的声音，一面写着愿意加入“适社”的信给那个《半月》的编辑，要求他作我的介绍人。

这信是第二天发出的，第三天回信就来了。一个姓章的编辑亲自送了回信来，他约我在一个指定的时间到他的家里去谈话。我毫不迟疑地去了。在那里我会见了三四个青年，他们谈话的态度和我家里的人完全不同。他们充满了热情、信仰和牺牲的决心。我把我的胸怀，我的痛苦，我的渴望完全吐露给他们。作为回答，他们给我友情，给我信任，给我勇气。他们把我当作一个知己朋友。从他们的谈话里我知道“适社”是重庆的团体，但是他们也想在这里成立一个类似的组织。他们答应将来让我加入他们的组织，和他们一起工作。我告辞的时候，他们送给我几本“适社”出版的宣传册子，并且写了信介绍我给那边的负责人通信。

事情在今天也许不会是这么简单，这个时候人对人也许不会这么轻易地相信，然而在当时一切都是非常自然。这个小小的客厅简直成了我的天堂。在那里的两小时的谈话照彻了我的灵魂。我好像一只被风暴打破的船找到了停泊的港口。我的心情昂扬，我带着幸福的微笑回到家里。就在这天的夜里，我怀着佛教徒朝山进香时的虔诚，给“适社”的负责人写了信。

我的生活方式渐渐地改变了，我和那几个青年结了亲密的友谊。我做了那个半月刊的同人，后来也做了编辑。此外我们还组织了一个团体：均社。我自称为“安那其主义者”[①]，就是从那时候开始的。团体成立以后就来了工作。办刊物、通讯、散传单、印书，都是我们所能够做的事情。我们有时候也开秘密会议，时间是夜里，地点总是在僻静的街道，参加会议的人并不多，但大

---

① “安那其主义”就是“无政府主义”（“安那其”是译音）。我最近在一篇文章里写过一些解释自己的话，有一段倒可以引用在这里：

“……在五四运动后，我开始接受新思想的时候，面对着一个崭新的世界，我有点张皇失措，但是我也敞开胸膛尽量吸收，只要是伸手抓得到的新的东西，我都一下子吞进肚里。只要是新的、进步的东西我都爱；旧的、落后的东西我都恨。我的脑筋并不复杂，我又缺乏判断力。以前读的不是四书五经，就是古今中外的小说。后来我开始接受了无政府主义，但也只是从克鲁泡特金的小册子和刊物上一些文章里得来的。……思想的浅薄与混乱不问可知。不过那个时候我也懂得一件事情：地主是剥削阶级，工人和农人养活了我们，而他们自己却过着贫苦、悲惨的生活。我们的上辈犯了罪，我们自然不能说没有责任，我们都是靠剥削生活的。所以当时像我那样的年轻人都有这种想法：推翻现在的社会秩序，为上辈赎罪。……我终于离开了我在那里面生活了十九年的家。但是我从一个小圈子出来，又钻进了另一个小圈子。一九二八年年底我从法国回到上海，再过两年半，成都那个封建家庭垮了，我大哥因破产而自杀。可是我在上海一直关在小资产阶级的圈子里，不能够突围出去。我不断地嚷着要突围，我不断地嚷着要改变生活方式，要革命。其实小资产阶级的圈子并非铜墙铁壁，主要的是我自己没有决心，没有勇气。革命的道路是很宽广的。然而我却视而不见，找不到路，或者甚至不肯艰苦地追求。从前我在成都办刊物的时候，有一个年纪较大的朋友比我先接受了无政府主义。可是后来他不能满足于空谈革命，终于抛弃了无政府主义，找到了正确的道路，参加了中国共产党，在一九二八年被成都某军阀逮捕枪决了。我却一直不肯抛掉无政府主义的思想，也可能是下意识地想用这种思想来掩饰自己的软弱、犹豫和彷徨，来保护自己继续过那种自由而矛盾的、闲适而痛苦的生活。无政府主义使我满意的地方是它重视个人自由，而又没有一种正式的、严密的组织。一个人可以随时打出无政府主义的招牌，他并不担承任何的义务……这些都适合我那种小资产阶级的思想感情。说实话，我当初开始接受新思想的时候，我倒希望找到一个领导人，让他给我带路。可是我后来却渐渐地安于这种所谓无政府主义式的生活了。自然，这种生活里也不是没有痛苦的。恰恰相反，它充满了痛苦。所以我在我的作品中不断地呻吟、叫苦，甚至发出了‘灵魂的呼号’。然而我并没有认真地寻求解除痛苦、改变生活的办法。换句话说，我并不曾去寻求正确的革命道路。我好像一个久病的人，知道自己病，却渐渐习惯了病中的生活，倒颇有以病为安慰、以痛苦为骄傲的心思，懒得去请教医生。……固然我有时也连声高呼：‘我不怕，我有信仰！’我并不是用假话骗人。我从来不曾怀疑过：旧的要灭亡，新的要壮大；旧社会要完蛋，新社会要到来；光明要把黑暗驱逐干净。这就是我的坚强的信仰。但是提到我个人如何在新与旧、光明与黑暗的斗争中尽一份力量时，我就感到空虚了。我自己不去参加实际的、具体的斗争，却只是闭着眼睛空谈革命，所以绞尽脑汁也想不到战略、战术和个人应当如何在党的领导下参加战斗。……我常常把解放前的我比作坐井观天的人：关在小资产阶级知识分子的小圈子里望着整个社会的光明前途。我隐隐约约地看得见前途的光明。这光明是属于人民的。至于我个人呢，尽管我相信光明一定会普照新中国，但是为我自己，我并不敢抱多大的希望。我的作品中那些忧郁、悲哀的调子，就是从这种心境产生的。……”——1959年5月注

家都是怀着严肃而紧张的心情赴会的。每次我一个人或者和一个朋友故意东弯西拐，在黑暗中走了许多路，听厌了单调的狗叫和树叶飘动声，以后走到作为会议地点的朋友的家，看见那些紧张的亲切的面孔，我们相对微微地一笑，那时候我的心真要从口腔里跳了出来。我感动得几乎不觉到自己的存在了。友情和信仰在这个阴暗的房间里开放了花朵。

但这样的会议是不常举行的，一个月也不过召集两三次，会议之后是工作。我们先后办了几种刊物，印了几本小册子。我们抄写了许多地址，亲手把刊物或小册子一一地包卷起来，然后几个人捧着它们到邮局去寄发。五一节来到的时候，我们印了一种传单，派定几个人到各处去散发。那一天天气很好，我挟了一大卷传单，在离我们公馆很远的一带街巷里走来走去，直到把它们散发光了，又在街上闲步一回，知道自己没有被人跟着，才放心地到约定集合的地方去。每个人愉快地叙述各自的经验。这一天我们就像在过节。又有一次我们为了一件事情印了传单攻击当时统治省城的某军阀。这传单应该贴在几条大街的墙壁上。我分得一大卷传单回到家里。晚上我悄悄地叫一个小听差跟我一起到十字街口去。他拿着一碗浆糊。我挟了一卷传单，我们看见墙上有空白的地方就把传单贴上去。没有人干涉我们。有几次我们贴完传单走开了，回头看时，一两个黑影子站在那里读我们刚才贴上去的东西。我相信在夜里他们要一字一字地读完它，并不是容易的事情。

《半月》是一种公开的刊物，社员比较多而复杂。但主持的仍是我们几个人。白天我们中间有的人要上学，有的人要做事，夜晚我们才有空聚在一起。每天晚上我总要走过几条黑暗的街巷到“半月社”去。那是在一个商场的楼上。我们四五个人到了那里就忙着卸下铺板，打扫房间，回答一些读者的信件，办理种种的杂事，等候那些来借阅书报的人，因为我们预备了一批新书报免费借给读者。我们期待着忙碌的生活，宁愿忙得透不过气来。共同的牺牲的渴望把我们大家如此坚牢地系在一起。那时候我们只等着一个机会来交出我们个人的一切，而且相信在这样的牺牲之后，理想的新世界就会跟着明天的太阳一同升起来。这样的幻梦固然带着孩子气，但这是多么美丽的幻梦啊！

我就是这样地开始了我的社会生活的。从那时起，我就把我的幼年深深地埋葬了。……

窗外刮起大风，关住的窗门突然大开了。雨点跟着飘了进来。我面前的信笺上也溅了水。写好的信笺被风吹起，散落在四处。我不能够继续写下去了，虽然我还有许多话没有向你吐露。我想，我不久还有机会给你写信，叙述那些未说到的事情。我不知道我上面的话能不能够帮助你更了解我。但是我应该感谢你，因为你的信给我唤起了这许多可宝贵的回忆。那么就让这风把我的祝福带给你罢。现在我也该躺一会儿了。

1936 年 8 月深夜

我的几个先生

我接到了你的信函，这的确是意外的，然而它使我更高兴。不过要请你原谅我，我失掉了你的通信地址，没法直接寄信给你，那么就让我在这里回答你几句，我相信你能够看见它们。

那天我站在开明书店的货摊旁边翻看刚出版的《中流》半月刊创刊号，你走过来问我一两件事，你的话很短，但是那急促而颤抖的声音却达到了我的心的深处。我和你谈了几句话，我买了一本《中流》，你也买了一本。我看见你到柜上去付钱，我又看见你匆匆地走出书店，我的眼前还现着你的诚恳的面貌。我后来才想起我忘记问你的姓名，我又因为这件事情而懊恼了。

第二天意外地来了你的信，你一开头就提起《我的幼年》这篇文章，你说了一些令人感动的话。朋友，我将怎样回答你呢？我的话对你能够有什么帮助呢？我的一番话并不能够解除谁的苦闷；我的一封信也不能够给谁带来光明。我不能说："我是世界的光，跟从我的就不在黑暗里走，必要得着生命的光。"因为我是一个平凡到极点的人。

朋友，相信我，我说的全是真话。我不能够给你指出一条明确的路，叫你马上去交出生命。你当然明白我们生活在什么样的时代，处在什么样的环境；你当然知道我们说一句什么样的话，或者做一件什么样的事，就会有什么样的结果。要交出生命是很容易的事情，但是困难却在如何使这生命像落红一样化做春泥，还可以培养花树，使来春再开出灿烂的花朵。这一切你一定比我更明白。路是有的，到光明去的路就摆在我们的面前，不过什么时候才能够达到光明，那就是问题了。这一点你一定也很清楚。路你自己也会找到。这些都用不着我来告诉你。但是对于你的来信我觉得我仍然应该写几句回答的话。你谈起我的幼年，你以为你比从前更了解我，你说我说出了你很久就想说而未说出的话，你告诉我你读我的《家》读了一个通夜，你在书里见到你自己的面影——你说了那许多话。你现在完全知道我是在怎样的环境里长成的了。你的环境和我的差不多，所以你容易了解我。

我可以坦白地说，《我的幼年》是一篇真实的东西。然而它不是一篇完整的文章，它不过是一篇长的作品的第一段。我想写的事情太多了，而我的拙劣的笔却只许我写出这么一点点。我是那么仓促地把它结束了的。现在我应该利用给你写信的机会接着写下去。我要来对你谈谈关于我的先生的话，因为你在来信里隐约地问起“是些什么人把你教育成了这样的?”

在给香港朋友的信里，我说明了“是什么东西把我养育大的”。现在我应该接着来回答“是些什么人把我教育成了这样的”这个问题了。这些人不是在私塾里教我识字读书的教书先生，也不是在学校里授给我新知识的教员。我并没有受到他们的什么影响，所以我很快地忘记了他们。给了我较大影响的还是另外一些人，倘使没有他们，我也许不会成为现在这个样子。

我的第一个先生就是我的母亲。我已经说过使我认识“爱”字的是她。在我幼小的时候，她是我的世界的中心。她很完满地体现了一个“爱”字。她使我知道人间的温暖；她使我知道爱与被爱的幸福。她常常用温和的口气，对我解释种种的事情。她教我爱一切的人，不管他们贫或富；她教我帮助那些在困苦中需要扶持的人；她教我同情那些境遇不好的婢仆，怜恤他们，不要把自己看得比他们高，动辄将他们打骂。母亲自己也处过不少的逆境。在大家庭里做媳妇，这苦处是不难想到的。[①] 但是母亲从不曾在我的眼前淌过泪，或者说过什么悲伤的话。她给我看见的永远是温和的、带着微笑的脸。我在一篇短文里说过："我们爱夜晚在花园上面天空中照耀的星群，我们爱春天在桃柳枝上鸣叫的小鸟，我们爱那从树梢洒到草地上面的月光，我们爱那使水面现出明亮珠子的太阳。我们爱一只猫，一只小鸟。我们爱一切的人。"这个爱字就是母亲教给我的。

因为受到了爱，认识了爱，才知道把爱分给别人，才想对自己以外的人做一些事情。把我和这个社会联起来的也正是这个爱字，这是我的全性格的根柢。

因为我有这样的母亲，我才能够得到允许（而且有这种习惯）和仆人、轿夫们一起生活。我的第二个先生就是一个轿夫。

轿夫住在马房里，那里从前养过马，后来就专门住人。有三四间窄小的屋子。没有窗，是用竹篱笆隔成的，有一段缝隙，可以透进一点阳光，每间房里只能放一张床，还留一小块地方做过道。轿夫们白天在外面奔跑，晚上回来在破席上摆了烟盘，把身子缩成一堆，挨着鬼火似的灯光慢慢地烧烟泡。起初在马房里抽大烟的轿夫有好几个，后来渐渐地少了。公馆里的轿夫时常更换。新来的年轻人不抽烟，境遇较好的便到烟馆里去，只有那个年老瘦弱的老周还留在马房里。我喜欢这个人，我常常到马房里去，躺在他的烟灯旁边，听他讲种种的故事。他有一段虽是悲痛的却又是丰富的经历。他知道许多、许多的事情，他也走过不少的地方，接触过不少的人。他的老婆跟一个朋友跑了，他的儿子

---

① 《家》里面有一段关于母亲的话，还是从大哥给我的信里摘录下来的："她又含着眼泪把她嫁到我们家来做媳妇所受的气一一告诉我。……爹以过班知县的身份进京引见去了。她在家里日夜焦急地等着……这时爹在北京因验看被驳，陷居京城。消息传来，爷爷时常发气，家里的人也不时揶揄。妈心里非常难过。……她每接到爹的信总要流一两天的眼泪。"

当兵死在战场上。他孤零零的活着，在这个公馆里他比谁更知道社会，而且受到这个社会不公平的待遇。他活着也只是痛苦地捱日子。但是他并不憎恨社会，他还保持着一个坚定的信仰：忠实地生活。用他自己的话来说："火要空心，人要忠心。"他这"忠心"并不是指奴隶般地服从主人。他的意思是忠实地依照自己的所信而活下去。他的话和我的母亲的话完全两样。他告诉我的都是些连我母亲也不知道的事情。他并不曾拿"爱"字教我。然而他在对我描绘了这个社会的黑暗面，或者叙说了他自己的悲痛的经历以后，就说教似的劝告我："要好好地做人，对人要真实，不管别人待你怎样，自己总不要走错脚步。自己不要骗人，不要亏待人，不要占别人的便宜。……"我一面听他这一类的话，一面看他的黑瘦的脸，陷落的眼睛和破衣服裹住的瘦得见骨的身体，我看见他用力从烟斗里挖出烧过两次的烟灰去拌新的烟膏，我心里一阵难受，但是以后禁不住想是什么力量使他到了这样的境地还说出这种话来！

马房里还有一个天井，跨过天井便是轿夫们的饭厅，也就是他们的厨房。那里有两个柴灶。他们做饭的时候，我常常跑去帮忙他们烧火。我坐在灶前一块石头上，不停地把干草或者柴放进灶孔里去。我起初不会烧火，看看要把火弄灭了，老周便把我拉开，他用火钳在灶孔里弄几下，火就熊熊地燃了起来。他放下火钳得意地对我说："你记住，火要空心，人要忠心。"的确，我到今天还记得这样的话。

我从这个先生那里略略知道了一点社会情况。他使我知道在家庭以外还有所谓社会，而且他还传给我他那种生活态度。日子一天一天像流星似的过去。我渐渐地长大起来。我的脚终于跨出了家庭的门限。我认识了一些朋友，我也有了新的经历，在这些朋友中间我找到了我的第三个先生。

我在一篇题作《家庭的环境》的回忆里，曾经提到对于我的智力的最初发展有帮助的两个人，那就是我的大哥和一个表哥。我跟表哥学过三年的英文；大哥买了不少的新书报，使我能够贪婪地读它们。但是我现在不把他们列在我的先生里面，因为我在这里说的是那些在生活态度上（不是知识上）给了我很大的影响的人。

在《我的幼年》里，我叙说过我怎样认识那些青年朋友。这位先生就是那些人中间的一个。他是《半月》的一个编辑，我们举行会议时总有他在场；我们每天晚上在商场楼上半月报社办事的时候，他又是最热心的一个。他还是我在外国语专门学校的同学，班次比我高。我刚进去不久，他就中途辍了学。他辍学的原因是要到裁缝店去当学徒。他的家境虽不宽裕，可是还有钱供他读书。但是他认为“不劳动者不得食”，说“劳动是神圣的事”①。他为了使他的言行一致，毅然脱离了学生生活，真的跑到一家裁缝店规规矩矩地行了拜师礼，订了当徒弟的契约。每天他坐在裁缝铺里勤苦地学着做衣服，傍晚下工后才到报社来服务。他是一个近视眼，又是初学手艺，所以每晚他到报社来的时候，手指上密密麻麻地满是针眼。他自己倒高兴，毫不在乎地带着笑容向我们叙述他这一天的有趣的经历。我们不由得暗暗地佩服他。他不但这样，同时还实行素食。我们并不赞成他的这种苦行，但是他实行的毅力和刻苦的精神却使我们齐声赞美。

他还做过一件使我们十分感动的事，我曾把它写进了我的小说《家》。事情是这样的：他是《半月》的四个创办人之一，他担负大部分的经费。刊物每期销一千册，收回的钱很少。同时我们又另外筹钱刊印别的小册子，他也得捐一笔钱。这两笔款子都是应当按期缴纳不能拖延的。他家里是姐姐管家，不许他“乱用”钱。他找不到钱就只好拿衣服去押当，或是当棉袍，或是当

---

① 他很喜欢当时一个流行的标语：“人的道德为劳动与互助：唯劳动乃能生活；唯互助乃能进化。”

皮袍。他怕他姐姐知道这件事，他出去时总是把拿去当的衣服穿在身上，走进了当铺以后才脱下来。当了钱就拿去缴月捐。他常常这样办，所以他闹过热天穿棉袍的笑话，也有过冬天穿夹袍的事情。

我这个先生的牺牲精神和言行一致的决心，以及他不顾一切毅然实行自己主张的勇气和毅力，在我的生活里留下了不可磨灭的影响。我第一次在他的身上看见了信仰所开放的花朵。他使我第一次知道一个人的毅力会做出什么样的事情。母亲教给我“爱”；轿夫老周教给我“忠实”（公道）；朋友吴教给我“自己牺牲”。我虽然到现在还不能够做到像他那样的“否定自己”，但是我的行为却始终受着这个影响的支配。

朋友，我把我的三个先生都简略地告诉你了。你现在大概可以明白是些什么人把我教育到现在这个样子的罢。我自己相当高兴，我毕竟告诉了你一些事情，这封信不算是白白地写了。

1936 年 9 月

永远不能忘记的事情

朋友，你要我告诉你关于那个老人的最后的事情。我现在不想说什么话，实在我也不能够说什么。我只给你写下一些零零碎碎的事情，我永远不能忘记的事情。

在万国殡仪馆里面，我和一些年纪差不多的朋友，过了四天严肃而悲痛的日子。灵堂中静静地躺着那个老人，每天从早到晚，许许多多的人到这里来，一个一个地或者五六个人站成一排地向他致最深的敬礼。我立在旁边，我的眼睛把这一切全看进去了。

一个秃顶的老人刚走进来站了一下，忽然埋下头低声哭了。另一个十三四岁的女孩子已经走出了灵堂，却还把头伸进帷幔里面来，红着眼圈哀求道："让我再看一下罢，这是最后的一次了。"

灵堂里灯光不够亮。一群小学生恭敬地排成前后两列，一齐抬起头，痴痴地望着那张放大的照片。忽然一个年纪较大的孩子埋下头鞠躬了。其余的人马上低下头来。有的在第三次鞠躬以后，还留恋地把他们的头频频点着。孩子们的心是最真挚的。他们知道如今失掉一个爱护他们的友人了。"救救孩子。"我的耳边还仿佛响着那个老人的声音。

我所认识的一个杂志社的工友意外地来了。他红着脸在灵堂的一角站了片刻，孩子似的恭恭敬敬行了三个礼，然后悄悄地走开了。

我还看见一个盲人，他穿着一身整齐的西装，把一只手扶在另一个穿长衫的人的肩头，慢慢地从外面走进来。到了灵前那个引路人站住了。盲人从引路人的肩上缩回了手，向前移动一步，端端正正地立着，抬起他那看不见的眼睛茫然望了望前面，于是低下头，恭恭敬敬地行了三鞠躬礼。他又伸出手，扶在引路人的肩上默默地退去了。

两个穿和服的太太埋着头，闭着眼睛，默默地合掌祷告了一会儿。我给她们拉帷幔的时候，我看见了她们脸上的泪痕，然后在帷幔外面响起了悲痛的哭声。

我的耳朵是不会误听的，像这样的哭声我每天至少要听到几次。我的眼泪也常常被它引了出来。

我的眼睛也是不会受骗的。我看见了穿粗布短衫的劳动者，我看见了抱着课本的男女学生，我也看见了绿衣的邮差，黄衣的童子军，还有小商人，小店员，以及国籍不同、职业不同、信仰不同的各种各类的人。在这无数不同的人的脸上，我看见了一种相同的悲戚的表情。这一切的人都是被这一颗心从远近的地方牵引到这里来的。

在这些时候我常常想：这个被我们大家敬爱着的老人，他真的就死去了？我不能够相信。但是这些悲戚的面容，这些悲痛的哭泣却明白地告诉我，这个老人绝不会再坐起来，带着温和的笑容对我们高谈阔论了。

二十一日夜里，已经过了十一点钟，我和几个朋友准备动身回家。灵堂里很静。我一个人走到灵柩前面，静静地站了四五分钟的光景。我借着黯淡的灯光，透过了那玻璃棺盖，痴痴地望着我们所熟习的那张脸：眼睛紧紧地闭着，嘴也紧紧地闭着。一种温和的表情笼罩在这张脸上。没有死的恐怖。仿佛这个老人就落在深沉的睡眠里。这四周都是鲜花扎成的花圈和花篮，晚香玉的馥郁的香气一股一股地沁入我的心肺。我不禁想着：这难道不是梦？我又想：倘使这个老人一翻身坐起来呢？

但是一个沉重的声音在我的心上叫起来：死了的不能够复活了。

死者的遗体是在这天下午入殓的。我跟着许多朋友行了礼以后，站在人丛中，等着遗体入殓。前面一片哭声刺痛我的心。我忍不下去了，含着眼泪回过头来，无意地看见那个高身材的朋友①红着眼睛，伸出手拼命在另一个朋友②的肩头上抓。我看见他心里难过，自己心里也更难受了。在这一刻满屋子人的心都是相同的，都有一样东西，这就是——死者的纪念。

出殡的日子我和一个朋友③早晨七点半钟到了殡仪馆。别的朋友忙着在外面做事情。我一个人绕着灵柩走了一周，以后又站了片刻。我的眼前仍旧是那酣睡中的慈和的面颜，空气里依旧弥漫着浓郁的晚香玉的芬芳。我又一次想起来：这也许是梦罢，倘使他真的坐起来呢？

朋友，这不是梦。我们大家所敬爱的导师，这十年来我一直崇拜着的那位老人永远离开我们而去了。旁边花圈上一条白绸带写着“先生精神不死”。然而我心上的缺口却是永远不能填补的了。

我不能够这样地久站下去。瞻仰遗容的人开始接连地来。有的甚至是从远方赶来看他们所敬爱的老人最初的也就是最后的一面。“让我们多看几眼罢，”我伸手拉帷幔的时候，常常有人用眼睛这样地恳求。但地方是这样狭小，后面等着的人又有那么一长列，别的朋友也在催促。我怎么能够使每个人都多看他几眼呢？

下午两点钟，灵柩离开了殡仪馆，送葬的行列是很有秩序的。许多人悲痛地唱着挽歌。此外便是严肃的沉默。

到了墓地，举行了仪式以后，十三四个人抬起了灵柩。那个

---

① 高身材的朋友：指郑振铎。

②③ 朋友：指靳以。

刚刚在纪念堂上读了哀词的朋友[1]，突然从人丛中跑出来，把他的手掌也放在灵柩下面。我感动地想：在这一刻所有的心都被躺在灵柩中的老人连接在一起了。

在往墓穴去的途中，灵柩愈来愈重了。那个押柩车来的西洋人跑来感动地用英语问道："我可以帮忙吗？"我点了点头，他默默地把手伸到灵柩下面去。

到了墓穴已经是傍晚了，大家把灵柩放下，一个架子上绑着两根带子，灵柩就放在带子上面，带子往下坠，灵柩也跟着缓缓地落下去。人们悲声低唱安息歌，在暮色苍茫中，我只看见白底黑字的旗子"民族魂"渐渐地往下沉，等它完全停住不动时，人们就把水门汀的墓盖抬来了，一下子我们就失去了一切。

"安息罢，安息罢……"这简直是一片哭声。

仪式完毕了，上弦月在天的一角露出来。没有灯光，在阴暗中群众像退潮似的开始散去了。……

夜晚十点钟我疲倦地回到家里，接到了一个朋友[2]的来信，他说：

> ……我如果不是让功课绊住，很想到殡仪馆去吊周先生。人死了，一切都成为神圣的了。他的人格实在伟大，他的文章实在深刻……

事实上，写信的人今天正午还到殡仪馆来过，我那时看见他，却不知道他已经寄发了这样的信。

我的书桌上摆了一本《中流》，我读了信，随手把刊物翻开，我见到这样的一句话，便大声念了出来：

---

① 读哀词的朋友：指胡愈之。

② 写信的朋友：指李健吾。

他的垂老不变的青年的热情，到死不屈的战士的精神，将和他的深湛的著作永留人间。

朋友，我请你也记住这一句话。这是十分真实的。

1936 年 10 月 22 日

怀念萧珊

——随想录五

一

今天是萧珊逝世的六周年纪念日。六年前的光景还非常鲜明地出现在我的眼前。那一天我从火葬场回到家中，一切都是乱糟糟的，过了两三天我渐渐地安静下来了，一个人坐在书桌前，想写一篇纪念她的文章。在五十年前我就有了这样一种习惯：有感情无处倾吐时我经常求助于纸笔。可是一九七二年八月里那几天，我每天坐三四个小时望着面前摊开的稿纸，却写不出一句话。我痛苦地想，难道给关了几年的“牛棚”，真的就变成“牛”了？头上仿佛压了一块大石头，思想好像冻结了一样。我索性放下笔，什么也不写了。

六年过去了。林彪、“四人帮”及其爪牙们的确把我搞得很“狼狈”，但我还是活下来了，而且偏偏活得比较健康，脑子也并不糊涂，有时还可以写一两篇文章。最近我经常去火葬场，参加老朋友们的骨灰安放仪式。在大厅里，我想起许多事情。同样地奏着哀乐，我的思想却从挤满了人的大厅转到只有二三十个人的中厅里去了，我们正在用哭声向萧珊的遗体告别。我记起了《家》里面觉新说过的一句话：“好像珏死了，也是一个不祥的鬼。”四十七年前我写这句话的时候，怎么想得到我是在写自己！我没有流眼泪，可是我觉得有无数锋利的指甲在搔我的心。我站在死者遗体旁边，望着那张惨白色的脸，那两片咽下千言万语的嘴唇，我咬紧牙齿，在心里唤着死者的名字。我想，我比她大十三岁，为什么不让我先死？我想，这是多么不公平！她究竟犯了什么罪？她也给关进“牛棚”，挂上“牛鬼蛇神”的小纸牌，还扫过马路。究竟为什么？理由很简单，她是我的妻子。她患了病，得不到治疗，也因为她是我的妻子。想尽办法一直到逝世前三个星期，靠开后门她才住进医院。但是癌细胞已经扩散，肠癌变成了肝癌。

她不想死，她要活，她愿意改造思想，她愿意看到社会主义建成。这个愿望总不能说是痴心妄想吧。她本来可以活下去，倘使她不是“黑老 K”的“臭婆娘”。一句话，是我连累了她，是我害了她。

在我靠边的几年中间，我所受到的精神折磨她也同样受到。但是我并未挨过打，她却挨了“北京来的红卫兵”的铜头皮带，留在她左眼上的黑圈好几天以后才褪尽。她挨打只是为了保护我，她看见那些年轻人深夜闯进来，害怕他们把我揪走，便溜出大门，到对面派出所去，请民警同志出来干预。那里只有一个人值班，不敢管。当着民警的面，她被他们用铜头皮带狠狠抽了一下，给押了回来，同我一起关在马桶间里。

她不仅分担了我的痛苦，还给了我不少的安慰和鼓励。在“四害”横行的时候，我在原单位（中国作家协会上海分会）给人当作“罪人”和“贱民”看待，日子十分难过，有时到晚上九十点钟才能回家。我进了门看到她的面容，满脑子的乌云都消散了。我有什么委屈、牢骚，都可以向她尽情倾吐。有一个时期我和她每晚临睡前要服两粒眠尔通才能够闭眼，可是天刚刚发白就都醒了。我唤她，她也唤我。我诉苦般地说：“日子难过啊！”她也用同样的声音回答：“日子难过啊！”但是她马上加一句：“要坚持下去。”或者再加一句：“坚持就是胜利。”我说“日子难过”，因为在那一段时间里，我每天在“牛棚”里面劳动、学习、写交代、写检查、写思想汇报。任何人都可以责骂我、教训我、指挥我。从外地到“作协分会”来串连的人可以随意点名叫我出去“示众”，还要自报罪行。上下班不限时间，由管理“牛棚”的“监督组”随意决定。任何人都可以闯进我家里来，高兴拿什么就拿走什么。这个时候大规模的群众性批斗和电视批斗大会还没有开始，但已经越来越逼近了。

她说“日子难过”，因为她给两次揪到机关，靠边劳动，后来也常常参加陪斗。在淮海中路“大批判专栏”上张贴着批判我的罪行的大字报，我一家人的名字都给写出来“示众”，不用说“臭婆娘”的大名占着显著的地位。这些文字像虫子一样咬痛她的心。她让上海戏剧学院“狂妄派”学生突然袭击、揪到“作协分会”去的时候，在我家大门上还贴了一张揭露她的所谓罪行的大字报。幸好当天夜里我儿子把它撕毁。否则这一张大字报就会要了她的命！

人们的白眼，人们的冷嘲热骂蚕蚀着她的身心。我看出来她的健康逐渐遭到损害。表面上的平静是虚假的。内心的痛苦像一锅煮沸的水，她怎么能遮盖住！怎么能使它平静！她不断地给我安慰，对我表示信任，替我感到不平。然而她看到我的问题一天天地变得严重，上面对我的压力一天天地增加，她又非常担心。有时同我一起上班或者下班，走近巨鹿路口，快到“作协分会”，或者走近湖南路口，快到我们家，她总是抬不起头。我理解她，同情她，也非常担心她经受不起沉重的打击。我记得有一天到了平常下班的时间，我们没有受到留难，回到家里她比较高兴，到厨房去烧菜。我翻看当天的报纸，在第三版上看到当时做了“作协分会”的“头头”的两个工人作家写的文章《彻底揭露巴金的反革命真面目》。真是当头一棒！我看了两三行，连忙把报纸藏起来，我害怕让她看见。她端着烧好的菜出来，脸上还带笑容，吃饭时她有说有笑。饭后她要看报，我企图把她的注意力引到别处。但是没有用，她找到了报纸。她的笑容一下子完全消失。这一夜她再没有讲话，早早地进了房间。我后来发现她躺在床上小声哭着。一个安静的夜晚给破坏了。今天回想当时的情景，她那张满是泪痕的脸还在我的眼前。我多么愿意让她的泪痕消失，笑容在她那憔悴的脸上重现，即使减少我几年的生命来换取我们家庭生活中一个宁静的夜晚，我也心甘情愿！

二

我听周信芳同志的媳妇说，周的夫人在逝世前经常被打手们拉出去当作皮球推来推去，打得遍体鳞伤。有人劝她躲开，她说："我躲开，他们就要这样对付周先生了。"萧珊并未受到这种新式体罚。可是她在精神上给别人当皮球打来打去。她也有这样的想法：她多受一点精神折磨，可以减轻对我的压力。其实这是她一片痴心，结果只苦了她自己。我看见她一天天地憔悴下去，我看见她的生命之火逐渐熄灭，我多么痛心。我劝她，安慰她，我想拉住她，一点也没有用。

她常常问我："你的问题什么时候才解决呢？"我苦笑地说："总有一天会解决的。"她叹口气说："我恐怕等不到那个时候了。"后来她病倒了，有人劝她打电话找我回家，她不知从哪里得来的消息，她说："他在写检查，不要打岔他。他的问题大概可以解决了。"等到我从五七干校回家休假，她已经不能起床。她还问我检查写得怎样，问题是否可以解决。我当时的确在写检查，而且已经写了好几次了。他们要我写，只是为了消耗我的生命。但她怎么能理解呢？

这时离她逝世不过两个多月，癌细胞已经扩散，可是我们不知道，想找医生给她认真检查一次，也毫无办法。平日去医院挂号看门诊，等了许久才见到医生或者实习医生，随便给开个药方就算解决问题。只有在发烧到摄氏三十九度才有资格挂急诊号，或者还可以在病人拥挤的观察室里待上一天半天。当时去医院看病找交通工具也很困难，常常是我女婿借了自行车来，让她坐在车上，他慢慢地推着走。有一次她雇到小三轮卡去看病，看好门诊回家雇不到车了，只好同陪她看病的朋友一起慢慢地走回来，走走停停，走到街口，她快要倒下了，只得请求行人到我们家通知。她一个表侄正好来探病，就由他去把她背了回家。她希望拍一张 X 光片子查一查肠子有什么病，但是办不到。后来靠了她一位亲戚帮忙开后门两次拍片，才查出她患肠癌。以后又靠朋友设法开后门住进了医院。她自己还很高兴，以为得救了。只有她一个人不知真实的病情，她在医院里只活了三个星期。

我休假回家假期满了，我又请过两次假，留在家里照料病人。最多也不到一个月。我看见她病情日趋严重，实在不愿意把她丢开不管，我要求延长假期的时候，我们那个单位的一个“工宣队”头头逼着我第二天就回干校去。我回到家里，她问起来，我无法隐瞒。她叹了一口气，说：“你放心去吧。”她把脸掉过去，不让我看她。我女儿、女婿看到这种情景，自告奋勇跑到巨鹿路向那位“工宣队”头头解释，希望同意我在市区多留些日子照料病人。可是那个头头“执法如山”，还说：他不是医生，留在家里，有什么用！“留在家里对他改造不利！”他们气愤地回到家中，只说机关不同意，后来才对我传达了这句“名言”。我还能讲什么呢？明天回干校去！

整个晚上她睡不好，我更睡不好。出乎意外，第二天一早我那个插队落户的儿子在我们房间里出现了，他是昨天半夜里到的。他得到了家信，请假回家看母亲，却没有想到母亲病成这样。我见了他一面，把他母亲交给他，就回干校去了。

在车上我的情绪很不好。我实在想不通为什么会有这样的事情。我在干校待了五天，无法同家里通消息。我已经猜到她的病不轻了。可是人们不让我过问她的事情。这五天是多么难熬的日子！到第五天晚上在干校的造反派头头通知我们全体第二天一早回市区开会。这样我才又回到了家，见到我的爱人。靠了朋友帮忙，她可以住进中山医院肝癌病房，一切都准备好，她第二天就要住院了。她多么希望住院前见我一面，我终于回来了。连我也没有想到她的病情发展得这么快。我们见了面，我一句话也讲不出来。她说了一句：“我到底住院了。”我答说：“你安心治疗吧。”她父亲也来看她，老人家双目失明，去医院探病有困难，可能是来同他的女儿告别了。

我吃过中饭，就去参加给别人戴上反革命帽子的大会，受批判、戴帽子的人不止一个，其中有一个我的熟人王若望同志[①]，他过去也是作家，不过比我年轻。我们一起在“牛棚”里关过一个时期，他的罪名是“摘帽右派”。他不服，不听话，他贴出大字报，声明“自己解放自己”，因此罪名越搞越大，给捉去关了一个时期不算，还戴上了反革命的帽子监督劳动。在会场里我一直像在做怪梦。开完会回家，见到萧珊我感到格外亲切，仿佛重回人间。可是她不舒服，不想讲话，偶尔讲一句半句。我还记得她讲了两次：“我看不到了。”我连声问她看不到什么？她后来才说：“看不到你解放了。”我还能再讲什么呢？

我儿子在旁边，垂头丧气，精神不好，晚饭只吃了半碗，像是患感冒。她忽然指着他小声说：“他怎么办呢？”他当时在安徽山区农村已经待了三年半，政治上没有人管，生活上不能养活自己，而且因为是我的儿子，给剥夺了好些公民权利。他先学会沉默，后来又学会抽烟。我怀着内疚的心情看看他。我后悔当初不该写小说，更不该生儿育女。我还记得前两年在痛苦难熬的时候

---

① 王若望同志在一九五七年被错划为右派（一九六二年摘帽），最近已经改正，恢复名誉。

她对我说："孩子们说爸爸做了坏事，害了我们大家。"这好像用刀子在割我身上的肉。我没有出声，我把泪水全吞在肚里。她睡了一觉醒过来忽然问我："你明天不去了？"我说："不去了。"就是那个"工宣队"头头今天通知我不用再去干校就留在市区。他还问我："你知道萧珊是什么病？"我答说："知道。"其实家里瞒住我，不给我知道真相，我还是从他这句问话里猜到的。

三

第二天早晨她动身去医院，一个朋友和我女儿、女婿陪她去。她穿好衣服等候车来。她显得急躁，又有些留恋，东张张西望望，她也许在想是不是能再看到这里的一切。我送走她，心上反而加了一块大石头。

将近二十天里，我每天去医院陪伴她大半天。我照料她，我坐在病床前守着她，同她短短地谈几句话。她的病情恶化，一天天衰弱下去，肚子却一天天大起来，行动越来越不方便。当时病房里没有人照料，生活方面除饮食外一切都必须自理。后来听同病房的人称赞她"坚强"，说她每天早晚都默默地挣扎着下了床，走到厕所。医生对我们谈起，病人的身体经不住手术，最怕的是她的肠子堵塞，要是不堵塞，还可以拖延一个时期。她住院后的半个月是一九六六年八月以来我既感痛苦又感到幸福的一段时间，是我和她在一起度过的最后的平静的时刻，我今天还不能将它忘记。但是半个月以后，她的病情又有了发展，一天吃中饭的时候，医生通知我儿子找我去谈话。他告诉我：病人的肠子给堵住了，必须开刀。开刀不一定有把握，也许中途出毛病。但是不开刀，后果更不堪设想。他要我决定，并且要我劝她同意。我做了决定，就去病房对她解释。我讲完话，她只说了一句："看来，我们要分别了。"她望着我，眼睛里全是泪水。我说："不会的……”我的声音哑了。接着护士长来安慰她，对她说：“我陪你，不要紧的。”她回答：“你陪我就好。”时间很紧迫，医生、护士们很快作好了准备，她给送进手术室去了，是她的表侄把她推到手术室门口的。我们就在外面廊上等了好几个小时，等到她平安地给送出来，由儿子把她推回到病房去。儿子还在她的身边守过一个夜晚。过两天他也病倒了，查出来他患肝炎，是从安徽农村带回来的。本来我们想瞒住他的母亲，可是无意间让他母亲知道了。她不断地问：“儿子怎么样？”我自己也不知道儿子怎么样，我怎么能使她放心呢？晚上回到家，走进空空的、静静的房间，我几乎要叫出声来：“一切都朝我的头打下来吧，让所有的灾祸都来吧。我受得住！”

我应当感谢那位热心而又善良的护士长，她同情我的处境，要我把儿子的事情完全交给她办。她作好安排，陪他看病、检查，让他很快住进别处的隔离病房，得到及时的治疗和护理。他在隔离病房里苦苦地等候母亲病情的好转。母亲躺在病床上，只能有气无力地说几句短短的话，她经常问：“棠棠怎么样？”从她那双含泪的眼睛里我明白她多么想看见她最爱的儿子。但是她已经没有精力多想了。

她每天给输血，打盐水针。她看见我去就断断续续地问我：“输多少西西的血？该怎么办？”我安慰她：“你只管放心。没有问题，治病要紧。”她不止一次地说：“你辛苦了。”我有什么苦呢？我能够为我最亲爱的人做事情，哪怕做一件小事，我也高兴！后来她的身体更不行了。医生给她输氧气，鼻子里整天插着管子。她几次要求拿开，这说明她感到难受，但是听了我们的劝告，她终于忍受下去了。开刀以后她只活了五天。谁也想不到她会去得这么快！五天中间我整天守在病床前，默默地望着她在受苦（我是设身处地感觉到这样的），可是她除了两三次要求搬开床前巨大的氧气筒，三四次表示担心输血较多付不出医药费之外，并没有抱怨过什么。见到熟人她常有这样一种表情：请原谅我麻烦了你们。她非常安静，但并未昏睡，始终睁大两只眼睛。眼睛很大，很美，很亮。我望着，望着，好像在望快要燃尽的烛火。我多么想让这对眼睛永远亮下去！我多么害怕她离开我！我甚至愿意为我那十四卷“邪书”受到千刀万剐，只求她能安静地活下去。

不久前我重读梅林写的《马克思传》，书中引用了马克思给女儿的信里的一段话，讲到马克思夫人的死。信上说：“她很快就咽了气。……这个病具有一种逐渐虚脱的性质，就像由于衰老所致一样。甚至在最后几小时也没有临终的挣扎，而是慢慢地沉入睡乡。她的眼睛比任何时候都更大、更美、更亮!”这段话我记得很清楚。马克思夫人也死于癌症。我默默地望着萧珊那对很大、很美、很亮的眼睛，我想起这段话，稍微得到一点安慰。听说她的确也“没有临终的挣扎”，也是“慢慢地沉入睡乡”。我这样说，因为她离开这个世界的时候，我不在她的身边。那天是星期天，卫生防疫站因为我们家发现了肝炎病人，派人上午来做消毒工作。她的表妹有空愿意到医院去照料她，讲好我们吃过中饭就去接替。没有想到我们刚刚端起饭碗，就得到传呼电话，通知我女儿去医院，说是她妈妈“不行”了。真是晴天霹雳！我和我女儿、女婿赶到医院。她那张病床上连床垫也给拿走了。别人告诉我她在太平间。我们又下了楼赶到那里，在门口遇见表妹。还是她找人帮忙把“咽了气”的病人抬进来的。死者还不曾给放进铁匣子里送进冷库，她躺在担架上，但已经给白布床单包得紧紧的，看不到面容了。我只看到她的名字。我弯下身子，把地上那个还有点人形的白布包拍了好几下，一面哭着唤她的名字。不过几分钟的时间。这算是什么告别呢？

据表妹说，她逝世的时刻，表妹也不知道。她曾经对表妹说：“找医生来。”医生来过，并没有什么。后来她就渐渐地“沉入睡乡”。表妹还以为她在睡眠。一个护士来打针，才发觉她的心脏已经停止跳动了。我没有能同她诀别，我有许多话没有能向她倾吐，她不能没有留下一句遗言就离开我！我后来常常想，她对表妹说：“找医生来，”很可能不是“找医生”，是“找李先生”(她平日这样称呼我)。为什么那天上午偏偏我不在病房呢？家里人都不在她身边，她死得这样凄凉！

我女婿马上打电话给我们仅有的几个亲戚。她的弟媳赶到医院，马上晕了过去。三天以后在龙华火葬场举行告别仪式。她的朋友一个也没有来，因为一则我们没有通知，二则我是一个审查了将近七年的对象。没有悼词，没有吊客，只有一片伤心的哭声。我衷心感谢前来参加仪式的少数亲友和特地来帮忙的我女儿的两三个同学，最后，我跟她的遗体告别，女儿望着遗容哀哭，儿子在隔离病房还不知道把他当作命根子的妈妈已经死亡。值得提说的是她当作自己儿子照顾了好些年的一位亡友的男孩从北京赶来，只为了看见她的最后一面。这个整天同钢铁打交道的技术员，他的心倒不像钢铁那样。他得到电报以后，他爱人对他说：“你去吧，你不去一趟，你的心永远安定不了。”我在变了形的她的遗体旁边站了一会。别人给我和她照了像。我痛苦地想：这是最后一次了，即使给我们留下来很难看的形象，我也要珍视这个镜头。

一切都结束了。过了几天我和女儿、女婿到火葬场，领到了她的骨灰盒。在存放室寄存了三年之后，我按期把骨灰盒接回家里。有人劝我把她的骨灰安葬，我宁愿让骨灰盒放在我的寝室里，我感到她仍然和我在一起。

四

梦魇一般的日子终于过去了。六年仿佛一瞬间似的远远地落在后面了。其实哪里是一瞬间！这段时间里有多少流着血和泪的日子啊。不仅是六年，从我开始写这篇短文到现在又过去了半年，半年中我经常在火葬场的大厅里默哀，行礼，为了纪念给“四人帮”迫害致死的朋友。想到他们不能把个人的智慧和才华献给社会主义祖国，我万分惋惜。每次戴上黑纱、插上纸花的同时，我也想起我自己最亲爱的朋友，一个普通的文艺爱好者，一个成绩不大的翻译工作者，一个心地善良的人。她是我的生命的一部分，她的骨灰里有我的泪和血。

她是我的一个读者。一九三六年我在上海第一次同她见面。一九三八年和一九四一年我们两次在桂林像朋友似的住在一起。一九四四年我们在贵阳结婚。我认识她的时候，她还不到二十，对她的成长我应当负很大的责任。她读了我的小说，给我写信，后来见到了我，对我发生了感情。她在中学念书，看见我以前，因为参加学生运动被学校开除，回到家乡住了一个短时期，又出来进另一所学校。倘使不是为了我，她三七、三八年一定去了延安。她同我谈了八年的恋爱，后来到贵阳旅行结婚，只印发了一个通知，没有摆过一桌酒席。我和她先后从贵阳到了重庆，住在民国路文化生活出版社门市部楼梯下七八个平方米的小屋里。她托人买了四只玻璃杯开始组织我们的小家庭。她陪着我经历了各种艰苦生活。在抗日战争紧张的时期，我们一起在日军进城以前十多个小时逃离广州，我们从广东到广西，从昆明到桂林，从金华到温州，我们分散了，又重见，相见后又别离。在我那两册《旅途通讯》中就有一部分这种生活的记录。四十年前有一位朋友批评我：“这算什么文章！”我的《文集》出版后，另一位朋友认为我不应当把它们也收进去。他们都有道理，两年来我对朋友、对读者讲过不止一次，我决定不让《文集》重版。但是为我自己，我要经常翻看那两小册《通讯》。在那些年代，每当我落在困苦的境地里、朋友们各奔前程的时候，她总是亲切地在我的耳边说：“不要难过，我不会离开你，我在你的身边。”的确，只有在她最后一次进手术室之前她才说过这样一句：“我们要分别了。”

我同她一起生活了三十多年。但是我并没有好好地帮助过她。她比我有才华，却缺乏刻苦钻研的精神。我很喜欢她翻译的普希金和屠格涅夫的小说。虽然译文并不恰当，也不是普希金和屠格涅夫的风格，它们却是有创造性的文学作品，阅读它们对我是一种享受。她想改变自己的生活，不愿作家庭妇女，却又缺少吃苦耐劳的勇气。她听一个朋友的劝告，得到后来也是给“四人帮”迫害致死的叶以群同志的同意，到《上海文学》“义务劳动”，也做了一点点工作，然而在运动中却受到批判，说她专门向老作家组稿，又说她是我派去的“坐探”。她为了改造思想，想走捷径，要求参加“四清”运动，找人推荐到某铜厂的工作组工作，工作相当忙碌、紧张，她却精神愉快。但是到我快要靠边的时候，她也被叫回“作协分会”参加运动。她第一次参加这种急风暴雨般的斗争，而且是以反动权威家属的身份参加，她不知道该怎么办才好。她张皇失措，坐立不安，替我担心，又为儿女的前途忧虑。她盼望什么人向她伸出援助的手，可是朋友们离开了她，“同事们”拿她当作箭靶，还有人想通过整她来整我。她不是“作协分会”或者刊物的正式工作人员，可是仍然被“勒令”靠边劳动、站队挂牌，放回家以后，又给揪到机关。过一个时期，她写了认罪的检查、第二次给放回家的时候，我们机关的造反派头头却通知里弄委员会罚她扫街。她怕人看见，每天大清早起来，拿着扫帚出门，扫得精疲力竭，才回到家里，关上大门，吐了一口气。但有时她还碰到上学去的小孩，对她叫骂“巴金的臭婆娘”。我偶尔看见她拿着扫帚回来，不敢正眼看她，我感到负罪的心情，这是对她的一个致命的打击。不到两个月，她病倒了，以后就没有再出去扫街（我妹妹继续扫了一个时期），但是也没有完全恢复健康。尽管她还继续拖了四年，但一直到死她并不曾看到我恢复自由。这就是她的最后，然而绝不是她的结局。她的结局将和我的结局连在一起。

我绝不悲观。我要争取多活。我要为我们社会主义祖国工作到生命的最后一息。在我丧失工作能力的时候，我希望病榻上有萧珊翻译的那几本小说。等到我永远闭上眼睛，就让我的骨灰同她的掺和在一起。

1979 年 1 月 16 日写完

悼鲁迅先生[1]

十月十九日上午，一个不幸的消息从上海的一角传出来，在极短的时间里就传遍了全中国，全世界：

鲁迅先生逝世了！

花圈、唁电、挽辞、眼泪、哀哭从中国各个地方像洪流一样地汇集到上海来。任何一个小城市的报纸上也发表了哀悼的文章，连最远僻的村镇里也响起了悲痛的哭声。全中国的良心从没有像现在这样地悲痛的。这一个老人，他的一支笔、一颗心做出了那些巨人所不能完成的事业。甚至在他安静地闭上眼睛的时候，他还把成千上万的人牵引到他的身边。不论是亲密的朋友或者恨深的仇敌，都怀着最深的敬意在他的遗体前哀痛地埋下了头，至少在这一刻全中国的良心是团结在一起的。

我们没有多的言辞来哀悼这么一位伟大的人，因为一切的语言在这个老人的面前都变成了十分渺小；我们不能单单用眼泪来埋葬死者，因为死者是一个至死不屈的英勇战士。但是我们也无法制止悲痛来否认我们的巨大损失；这个老人的逝世使我们失去了一位伟大的导师，青年失去了一个爱护他们的知己朋友，中国人民失去了一个代他们说话的人，中华民族解放运动失去了一个英勇的战士。这个缺额是无法填补的。

---

① 这是《文季月刊》一卷六期的卷头语。《文季月刊》是我和靳以编辑的文学刊物，由上海良友图书公司发行。

鲁迅先生是伟大的。没有人能够否认这样的一句话。然而我们并不想称他做巨星，比他作太阳，因为这样的比喻太抽象了。他并不是我们可望而不可即的自然界的壮观。他从不曾高高地坐在中国青年的头上。一个不识者的简单的信函就可以引起他胸怀的吐露；一个在困苦中的青年的呼吁也会得到他同情的帮忙。在中国没有一个作家像他那样爱护青年的。

然而把这样的一个人单单看作中国文艺界的珍宝是不够的。我们固然珍惜他在文学上的成就，我们也和别的许多人一样以为他的作品可以列入世界不朽的名作之林，但是我们更重视：在民族解放运动中，他是一个伟大的战士；在人类解放运动中，他是一个勇敢的先驱。

鲁迅先生的人格比他的作品更伟大。近二三十年来他的正义的呼声响彻了中国的暗夜，在荆棘遍地的荒野中，他高举着思想的火炬，领导无数的青年向着远远的一线亮光前进。

现在，这样的一个人从中国的地平线上消失了。他的死是全中国人民的一个不可补偿的损失。尤其是在国难加深、民族解放运动炽烈的时候，失去了这样的一个伟大的导师，我们的哀痛不是没有原因的。

别了，鲁迅先生！你说："忘记我。"没有一个人能够忘记你的。我们不会让你静静地死去。你会活起来，活在我们的心里，活在全中国人民的心里。你活着来看大家怎样继承你的遗志向中华民族解放的道路迈进！

1936 年 10 月在上海

怀念胡风

一

最近我在《文学报》上看到一篇关于“胡风丢钱、巴金资助”的短文，这是根据胡风同志过去在狱中写的回忆材料写成的。几年前梅志同志给我看那篇材料时，我在材料上加了一条说明事实的注。胡风逝世已经半年，可是我的脑子里还保留着那个生龙活虎的文艺战士的形象。关于胡风，我一直想写点什么，已经有好几年了，好像有什么东西堵住我的胸口，不吐出来，总感觉到透不过气。但拿起笔我又不知道话从哪里说起。于是我想到了五十年前发生的那件事情，那么就从那里开头，先给我那条简短的注作一点补充吧。

那天我们都在万国公墓参加鲁迅先生的葬礼，墓穴周围有一个人圈，我立在胡风的对面，他的举动我看得很清楚。在葬礼进行的中间，我看见有人向胡风要钱，他掏出来一包钞票，然后又放回衣袋里去。他四周都是人，我有点替他担心，但又无法过去提醒他。后来仪式完毕，覆盖着“民族魂”旗帜的灵柩在墓穴中消失，群众像潮水似的散去。我再看见胡风，他着急地在阴暗中寻找什么东西，他那包钞票果然给人扒去了。他并没有向我提借钱的话。我知道情况以后就对当时也在场的吴朗西说：“胡风替公家办事丢了钱，大家应当支持他。”吴朗西同意，第二天就把钱给他送去了，算是文化生活出版社预支的稿费。

我说“公家”因为当时我们都为鲁迅先生丧礼工作，胡风是由蔡元培、宋庆龄等十三人组成的治丧委员会的一个成员，我和靳以、黄源、萧军、黎烈文都是“治丧办事处”的人，像这样的“临时办事人员”大约有二十八九个，不过分工不同。我同靳以、黄源、萧军几个人十月十九日跟着鲁迅先生遗体到胶州路万国殡仪馆，一直到二十二日下午先生灵柩给送到万国公墓下葬，一连三天都在殡仪馆料理各样事情，早去晚归，见事就做。胡风是治丧委员会的代表，因此他是我们的领导，治丧委员会有什么决定和安排，也都由他传达。不过那个时候我们并不十分听领导的话，我们都是为了向鲁迅先生表示敬意主动地到这里来工作的，并无什么组织关系。我们各有各的想法，对有些安排多少有点意见，可是我们又见不到治丧会的其他成员，只好向胡风发些牢骚。我们也了解胡风的处境，他一方面要贯彻治丧会的决定，一方面又要说服我们这些“临时办事人员”。其实，我们这些人也没有多少意见，好像关于下面两件事我们讲过话：一是治丧费，二是送葬行列的秩序。详细内容我已经记不起了，因为后来我们弄清楚了就没有话讲了。不过第二件事，我还有一点印象：当时柩车经过的路线在“公共租界”区域内，两边有骑马的印度巡捕和徒步的巡捕，全都挂着枪。柩车到了虹桥路，巡逻的便是穿黑制服打白裹腿的中国警察，他们的步枪也全装上了刺刀，形势有些紧张，我们怕有人捣乱，引起纠纷，主张在呼口号散发传单方面要多加注意，胡风并不反对这个意见。我记得二十二日柩车出发前，他在廊上同什么人讲话，我走过他跟前，他还对我说要注意维持秩序，不要让人乱发传单。这句话被胡子婴听见了，可能她当时在场，后来在总结会上她向胡风提了意见，说是不相信群众。总结会是治丧会在八仙桥青年会里召开的，人到得不少，也轮不到我讲话，胡风也没有替自己辩护，反正先生的葬仪已经庄严地、平平安安地结束了。通过这一次的“共事”，他给我留下这样一个印象，任劳任怨，顾大局。

这是一九三六年的事。我认识胡风大约在这一年或者前一年年底，有一天下午我到环龙路（即南昌路）去找黄源，他不在家，胡风也去看他，我们在门口遇见了，就交谈起来。胡风约我到附近一家小店喝杯咖啡，我们坐了一阵，谈话内容我记不起来了，无非讲一些文艺界的情况，并没有谈文艺理论、文学评论方面的问题，因为我从未注意这些问题。说实话连胡风的文章我也读得不多，似乎就只读过他在《文学》杂志上发表的作家论，此外一九三二年他用“谷非”的笔名写过文章评论《现代》月刊上的几篇小说，也谈到我的中篇《海的梦》，我发表过答辩文章，但也只是说明我并非他所说的“第三种人”，我有自己的见解而已。我对他并无反感，他在一九二五年就给我留下了好的印象，他是我在南京东南大学附中的同学，我比他高两班，但我们在同一个课堂里听过一位老师讲世界史。在学校里他是一个活动分子，在校刊上发表过文章，有点名气，所以我记得他叫张光人。但是我们之间并无交往，他甚至不知道我的名字。一九二五年我毕业离校前，在上海发生了五卅事件，我参加了当时南京学生的救国运动。不过我不是活跃分子，我就只有在中篇小说《死去的太阳》中写的那么一点点经验。胡风却是一个积极分子，他参加了“国民外交后援会”（?）的工作，我在小说十一章里写的方国亮就是他。虽然写得很简单，但是我今天重读下面一段话：“方国亮痛哭流涕地报告这几天的工作情况，他竟激动到在讲坛上乱跳，他嘶声地诉说他们如何每天只睡两三小时，辛苦地办事，然而一般人却渐渐消沉起来……方国亮的一番话也有一点效果，散会后又有许多学生自愿聚集起来，乘小火车向下关出发……”仿佛还看见他在讲台上慷慨激昂地讲话。他的相貌改变不大。我没有告诉他那天我也是听了他的讲话以后坐小火车到下关和记工厂去的。不久我毕了业离开南京。后来听人说张光人去了日本，我好像还读过他的文章。

一九三五年秋天我从日本回来后，因为译文丛书，因为黄源，因为鲁迅先生（我们都把先生当做老师），我和胡风渐渐地熟起来了，我相当尊重他，可是我仍然很少读他写的那些评论文章，不仅是他写的，别人发表的我也不读，即使勉强读了也记不牢，读到后面就忘记前面。我一直是这样想：我写作靠自己的思考，靠自己的生活，我讲我自己的话，不用管别人说些什么。当时他同周扬同志正在进行笔战，关于典型论，关于国防文学，关于其他。我不认识周扬，两方面的文章我都没有读过，不单是我，其他不搞理论的朋友也是这样。我们只读过鲁迅先生答复徐懋庸的文章，我们听先生的话，先生赞成什么口号，我们也赞成，不过我写文章从来不去管口号不口号。没有口号，我照样写小说。

胡风常去鲁迅先生家，黄源和黎烈文也常去。烈文是鲁迅先生的朋友，谈起先生关心胡风，觉得他有时太热情，又容易激动。胡风处境有些困难，他很认真地在办《海燕》，这是一份不定期的文艺刊物，刚出版了两三期，记得鲁迅先生的《出关》就发表在这上面，受到读者的重视。那个时候在上海刊行的文艺刊物不算太少，除生活书店的《文学》、《光明》、《译文》外，还有孟十还编的《作家》、靳以编的《文季月刊》、黎烈文编的半月刊《中流》。黄源编的《译文》停刊几个月之后又改由上海杂志公司发行。此外还有别的。刊物的销路有多有少，各有各的特色，一份刊物团结一些作家，各人喜欢为自己熟悉的杂志写稿。这些刊物不一定就是同人杂志。我们有一个共同的地方：敬爱鲁迅先生。大家主动地团结在先生的周围，不愿意辜负先生对我们的关心。

烈文和我搞过一个文艺工作者的宣言，表示我们抗日救亡的主张。由烈文带到鲁迅先生家请先生定稿、签名，然后抄了几份交给熟人找人签名，来得及就在自己的和熟人的刊物上作为补白刊登出来。我们这些人都没有参加当时的文艺家协会，先生又在病中，也不曾表示态度，所以我们请先生领衔发表这样一个声明。事前事后都没有开过会讨论，也不曾找胡风商量。胡风也拿了一份去找他的熟人签了名送来。发表这宣言的刊物并不多，不过《作家》、《译文》、《文季月刊》等五六种。过三个多月鲁迅先生病逝，再过两个月，到这年年底国民党上海市党部一次查封了十三种刊物，《作家》和《文季月刊》都在内，不讲理由，只下命令。

从我认识胡风到“三批材料”发表的时候大约有二十年吧。二十年中间我们见过不少次，也谈过不少话。反胡风运动期间我仔细回想过从前的事情，很奇怪，我们很少谈到文艺问题。我很少读他的文章，他也很少读我的作品。其实在我这也是常事，我极少同什么人正经地谈过文艺，对文学我不曾作过任何研究，也没有独特的见解。所以我至今还认为自己并不是文学家。我写文章只是说自己想说的话；我编辑丛书只是把可读的书介绍给读者。我生活在这个社会，应当为它服务，我照我的想法为它工作，从来不管理论家讲了些什么，正因为这样我才有时间写出几百万字的作品，编印那许多丛书。但是我得承认我做工作不像胡风那样严肃、认真。我也没有能力把许多有才华的作家、诗人团结在自己的周围。我钦佩他，不过我并不想向他学习。除了写书，我更喜欢译书，至于编书，只是因为别人不肯做我才做，不像胡风，他把培养人才当做自己的责任。他自己说是“爱才”，我看他更喜欢接近主张和趣味相同的人。不过这也是寻常的事。但连他也没有想到建国后会有反胡风运动，他那“一片爱才之心”倒成为“反革命”的罪名。老实说这个运动对我来说是个晴天霹雳，我一向认为他是进步的作家，至少比我进步。靳以跟他接触的机会多一些，他们见面爱开玩笑，靳以也很少读胡风的文章，但靳以认为胡风比较接近党，那是在重庆的时候。以后文协在上海创刊《中国作家》杂志，他们两个都是编委。

我很少读胡风的著作，对他的文艺观也不清楚，记得有一次他送我一本书，我们谈了几句，我问他：为什么别人对你有意见？他短短地回答："因为我替知识分子说了几句话。"这大概是在一九四八年，他后来就到香港转赴解放区了。我读到他在香港写的文章，想起一件往事：一九四一年春天我从成都回重庆，那是在"皖南事变"之后，不少文化人都去了香港。老舍还留在重庆主持抗战文协的工作，他嘱咐我："你出去，要告诉我啊。胡风走的时候来找我长谈过。"胡风还在重庆《新蜀报》上发表过五言律诗，是从香港寄来的，前四句我今天还不曾忘记："破晓横江渡，山城雾正浓，不弹游子泪，犹抱逐臣忠。"写他大清早过江到南岸海棠溪出发的心情，我想起当时在重庆的生活。一九四二年秋天我也到海棠溪搭汽车，不过我是去桂林。不到两年我又回到重庆，仍然经过海棠溪，以后就在重庆住下来。胡风早已回重庆了，他是在日军攻占香港以后出来的，住在重庆乡下，每逢文艺界抗敌协会开理事会，我总会在张家花园看见他。有时我参加别的会或者社会活动，他也在场。有一天下午我出席中苏文化协会主办的鲁迅先生逝世八周年纪念会。会场在民国路文化生活社附近，宋庆龄到会，中苏文协的负责人张西曼也来了，雪峰、胡风都在。会议照预定的议程顺利进行，开了一半宋庆龄因事早退，她一走会场秩序就乱了，国民党特务开始围攻胡风，还有人诽谤在上海的许广平，雪峰出来替许先生辩护，准备捣乱的人就吵起来，张西曼讲话，特务不听，反而训他。会场给那伙人霸占了，会议只好草草结束，我们几个人先后出来，都到了雪峰那里，雪峰住在作家书屋，就在文化生活社的斜对面。我们发了一些牢骚，雪峰很生气，胡风好像在严肃地想什么。我劝他小心，看样子特务可能有什么阴谋。像这样的事还有好些，但是当初不曾记录下来，在我的记忆里它们正在逐渐淡去，我想追记我们交往中的一些谈话，已经不可能了。

二

解放初期我和胡风经常见面。出席第一次全国文代会，我们不是一个团，他先到北平，在南方第一团。九月参加首届全国政协第一次会议，我们从上海同车赴京，在华文学校我们住在相邻的两个房间。我总是出去找朋友，他却是留在招待所接待客人。我们常在一起开会，却很少做过长谈。一九五三年七月我第二次去朝鲜，他早已移居北京，他说好要和我同行，后来因为修改为《人民文学》写的一篇文章，给留了下来。记得文章叫《身残志不残》，是写志愿军伤员的报告文学。胡风同几位作家到东北那所医院去生活过。我动身前两天还到他家去问他，是不是决定不去了。我到了那里，他们在吃晚饭，家里有客人，我不认识，他也没有介绍。我把动身日期告诉他，就告辞走了。我已经吃过饭，提了一大捆书，雇的三轮车还在外面等我。

不久，第二次全国文代会在北京召开，我刚到朝鲜，不便回国参加，就请了假。五个月后我才回国。一九五四年秋天我和胡风一起出席首届全国人民代表大会，我们两个都是四川省选出的代表，常在一处开会，见面时觉得亲切，但始终交谈不多。我虽然学习过一些文件，报刊上有不少关于文艺的文章，我也经常听到有关文艺方针、政策的报告，但我还是一窍不通。我很想认真学习，改造自己，丢掉旧的，装进新的，让自己的机器尽快地开动起来，写出一点东西。我怕开会，却不敢不开会，但又动脑筋躲开一些会，结果常常是心不在焉地参加许多会，不断地检讨或者准备检讨，白白地消耗了二三十年的好时光。我越是用功，就越是写不出作品，而且戴上了作家帽子就更缺乏写作的时间。最近这段日子由于难治的病，准备搁笔，又给自己的写作生活算一个总账，我想起了下面的三大运动，不由得浑身战栗，我没有在“胡风集团”、“反右斗争”或者“文化大革命”中掉进深渊，这是幸运。但是对那些含恨死去的朋友，我又怎样替自己解释呢？

三

去年三月二十六日中国现代文学馆正式开馆，我到场祝贺。两年半未去北京，见到许多朋友我很高兴，可是我行动不便，只好让朋友们过来看我。梅志同志同胡风来到我面前，她指着胡风问我：“你还认得他吗？”我愣了一下。我应当知道他是胡风，这是在一九五五年以后我第一次看见他。他完全变了，一看就清楚他是个病人，没有什么表情，也不讲话。我说：“看见你这样，我很抱歉。”我差一点流出眼泪，这是为了我自己。这以前他在上海住院的时候，我没有去看过他，也是因为我认为自己不曾偿还欠下的债，感到惭愧。我的心情只有自己知道，有时连自己也讲不清楚。好像是在第二天上午我出席作协主席团扩大会议，胡风由他女儿陪着来了，坐在对面一张桌子旁边。我的眼光常常停在他的脸上，我找不到那个过去熟悉的胡风了。他呆呆地坐在那里，没有动，也不曾跟女儿讲话。我打算在休息时候过去打个招呼，同他讲几句话。但是会议快要告一段落，他们父女就站起来走了。我的眼光送走他们，我有多少话要讲啊。我好像眼睁睁地望着几十年的岁月远去，没有办法拉住它们。我想起一句老话：“见一次就少一次。”我却想不到这就是我和他的最后一面。

后来在上海得到他病逝的消息，我打电报托人代我在他的灵前献一个花圈，我没有讲别的话，现在说什么，都太迟了。我终于失去了向他偿还欠债的机会。

但赖账总是不行的。即使还债不清或者远远地过了期，我总得让后人知道我确实做了一番努力，希望能补偿过去对亡友的损害。

胡风的冤案得到了平反。我读他的夫人梅志写的《胡风传》，很感动，也很难过。他受到多么不公平的待遇。他当时说过："心安理不得。"今天他大概也不会"心安理得"吧。这个冤案的来龙去脉和它的全过程并未公布，我也没有勇气面对现实，设法知道更多的详情。他们夫妇到了四川，听说在"文革"期间胡风又坐了牢，最后给判处无期徒刑，他的健康才完全垮了下来。在《文汇月刊》上发表的梅志著作的最后一部分，我还不曾读到，但是我想她也不可能把事情完全写出，而且我也没有时间弄清楚我应当知道的一切了，留给我的不过两三年的工夫了。

四

还是来谈反"胡风集团"的斗争。

在那一场"斗争"中，我究竟做过一些什么事情？我记得在上海写过三篇文章，主持过几次批判会。会开过就忘记了，没有人会为它多动脑筋。文章却给保留下来，至少在图书馆和资料室。其实连它们也早被遗忘，只有在我总结过去的时候，它们才像火印似的打在我的心上，好像有一个声音经常在我耳边说："不许你忘记！"我又想起了一九五五年的事。

运动开始，人们劝说我写表态的批判文章。我不想写，也不会写，实在写不出来。有人来催稿，态度不很客气，我说我慢慢写篇文章谈路翎的《洼地战役》吧。可是过了几天，《人民日报》记者从北京来组稿，我正在作协分会开会，讨论的就是批判胡风的问题。到了应当表态的时候，我推脱不得，就写了一篇大概叫做《他们的罪行应当得到惩处》之类的短文，说的都是别人说过的话。表了态，头一关算是过去了。

第二篇就是《关于胡风的两件事情》，在上海《文艺月报》上发表，也是短文。我写的两件事都是真的。鲁迅先生明明说他不相信胡风是特务，我却解释说先生受了骗。一九五五年二月我在北京听周总理报告，遇见胡风，他对我说："我这次犯了严重的错误，请给我多提意见。"我却批评说他"做贼心虚"。我拿不出一点证据，为了第二次过关，我只好推行这种歪理。

写第三篇文章，我本来以为可以聪明地给自己找个出路，结果却是弄巧成拙，反而背上一个沉重的精神包袱。事情的经过我大概不会记错吧。我第二次从朝鲜回来，在北京住了一些日子，路翎的短篇《初雪》刚刚在《人民文学》上发表，荃麟同志向我称赞它，我读过也觉得好，还对人讲过。后来《洼地战役》刊出，反应不错，我也还喜欢。我知道在志愿军战士同朝鲜姑娘之间是绝对不允许恋爱的，不过路翎写的是个人理想，是不能实现的愿望。有什么问题呢？在批判胡风集团的时候，我被迫参加斗争，实在写不出成篇的文章，就挑选了《洼地战役》作为枪靶，批评的根据便是那条志愿军和当地居民不许恋爱的禁令。稿子写成寄给《人民文学》，我自己感到一点轻松。形势在变化，运动在发展，我的文章在刊物上发表了，似乎面目全非，我看到一些我自己也没有想到的政治术语，更不知道自己哪里来的权力随意给人戴上"反革命"帽子？看得出有些句子是临时匆匆忙忙地加上去的。总之，读头一遍我很不满意，可是过了一晚，一个朋友来找我，谈起这篇文章，我就心平气和无话可说了。我写的是思想批判的文章，现在却是声讨"反革命集团"的时候，倘使不加增改就把文章照原样发表，我便会成为批判的对象，说是有意为"反革命分子"开脱。《人民文学》编者对我文章的增改倒是给我帮了大忙，否则我会遇到不小的麻烦。就在这一年的《文艺月报》上刊登过一篇某著名音乐家的"检讨"。他写过一篇"彻底揭发"胡风的文章，是在第二批材料发表以后交稿的。可是等到

《月报》在书市发售，第三批材料出现了，胡风集团的性质又升级了，于是读者纷纷来信谴责，他只好马上公开检讨"实际效果是替胡风黑帮分子打掩护"。连《月报》编辑部也不得不承认"对这一错误……应该负主要的责任"。这样的气氛，这样的环境，这样的做法……用全国的力量对付"一小撮"文人，究竟是为了什么？那么这个"集团"真有什么不能见人的阴谋吧。不管怎样，我只有一条路走了，能推就推，不能推就应付一下，反正我有一个借口："天王圣明"。当时我的确还背着个人崇拜的包袱。我想不通，就不多想，我也没有时间苦思苦想。

反胡风的斗争热闹一阵之后又渐渐地冷下去了。他本人和他的朋友们那些所谓"胡风分子"在斗争中都不曾露过面，后来就石沉大海，也没有人再提他们的名字。我偶尔向熟人打听胡风的消息，别人对我说："你不用问了。"我想起了清朝的"文字狱"，连连打几个冷噤，也不敢做声了。外国朋友向我问起胡风的近况，我支支吾吾讲不出来。而且那些日子，那些年月，运动一个接一个，大会小会不断，人人都要过关。谁都自顾不暇，哪里有工夫、有勇气到处打听不该打听的事情。只有在"文革"中期不记得在哪里看到一份小报或者材料，说是胡风在四川。此外我什么都不知道，一直到"文革"结束，被颠倒的一切又给颠倒过来的时候，被活埋了的人才回到了人间，但已经不是原来的胡风了。

一个有说有笑、精力充沛的诗人变成了神情木然、生气毫无的病夫，他受了多大的迫害和折磨！不能继续工作，再没有比这更痛苦的了。关于他我知道的并不多，理解也并不深。我读过他那三十万言的"上书"，不久就忘记了，但仔细想想好像也没有什么大不对。为了写这篇"怀念"，我翻看过当时的《文艺月报》，又找到编辑部承认错误的那句话。我好像挨了当头一棒！印在白纸上的黑字是永远揩不掉的。子孙后代是我们真正的裁判官。究竟对什么错误我们应该负责，他们知道，他们不会原谅我们。五十年代我常说做一个中国作家是我的骄傲。可是想到那些“斗争”，那些“运动”，我对自己的表演（即使是不得已而为之吧），也感到恶心，感到羞耻。今天翻看三十年前写的那些话，我还是不能原谅自己，也不想要求后人原谅我。我想，胡风作为一个文艺工作者要是没有受到冤屈、受到迫害，要是没有长期坐牢，无罪判刑，他不仅会活到今天，而且一定有不小的成就。但是现在什么也没有了。我还有什么话可说呢？

我是个衰老的病人，思想迟钝，写这样的文章很困难，从开头写它到现在快一年了，有时每天只写三五十个字。我想讲真话，也想听别人讲真话，可是拿起笔或者张开口，或者侧耳倾听，才知道说真话多么不容易。《文汇月刊》上《胡风传》的最后部分我也找来读了。文章未完，他们在四川的生活完全不曾写到，我请求梅志同志继续写下去。梅志称她的文章“往事如烟”。我说：往事不会消散，那些回忆聚在一起，将成为一口铜铸的警钟，我们必须牢牢记住这个惨痛的教训。

我还要在这里向路翎同志道歉。我不认识他，只是在首次文代会上见过几面。他当时年轻，是一位有才华的作家，可惜不曾给他机会让他的笔发出更多的光彩。我当初评《洼地战役》并无伤害作者的心思，可是运动一升级，我的文章也升了级。我不知道他的近况，只听说他丧失了精力和健康。关于他的不幸的遭遇，他的冤案，他的病，我怎样向后人交代？难道我们那时的文艺工作就没有失误？虽然不见有人出来承认对什么“错误应当负责”，但我向着井口投掷石块就没有自己的一份责任？历史不能让人随意编造，沉默妨碍不了真话的流传，泼到他身上的不公平的污水也起不了什么作用，只是为了那些“违心之论”我决不能宽恕自己。

8月20日

怀念从文[①]

一

今年5月10日从文离开人世，我得到他夫人张兆和的电报后想起许多事情，总觉得他还同我在一起，或者聊天，或者辩论，他那温和的笑容一直在我眼前，隔一天我才发出回电：“病中惊悉从文逝世，十分悲痛。文艺界失去一位杰出的作家，我失去一位正直善良的朋友，他留下的精神财富不会消失。我们三十、四十年代相聚的情景还历历在目。小林因事赴京，她将代我在亡友灵前敬献花圈，表达我感激之情。我永远忘不了你们一家。请保重。”都是些极普通的话。没有一滴眼泪，悲痛却在我的心里，我也在埋葬自己的一部分。那些充满信心的欢聚的日子，那些奋笔和辩论的日子都不会回来了。这些年我们先后遭逢了不同的灾祸，在泥泞中挣扎，他改了行，在长时间的沉默中，取得了卓越的成就。我东奔西跑，唯唯诺诺，羡慕枝头欢叫的喜鹊，只想早日走尽自我改造的道路，得到的却是十年一梦，床头多了一盒骨灰，现在大梦初醒，却仿佛用尽全身力气，不得不躺倒休息，白白地望着远方灯火，我仍然想奔赴光明，奔赴希望。我还想求助

---

① 本文原收入1989年4月湖南文艺出版社出版《长河不尽流》，系该书“代序”。

于一些朋友，从文也是其中的一位，我真想有机会同他畅谈。这个时候突然得到他逝世的噩耗，我才明白过去那一段生活已经和亡友一起远去了，我的唁电表达的就是一个老友的真实感情。

一连几天我翻看上海和北京的报纸，我很想知道一点从文最后的情况。可是日报上我找不到这个敬爱的名字。后来才读到新华社郭玲春同志简短的报道，提到女儿小林代我献的花篮，我认识郭玲春，却不理解她为什么这样吝惜自己的笔墨，难道不知道这位热爱人民的善良作家的最后牵动着全世界多少读者的心?!可是连这短短的报道多数报刊也没有采用。小道消息开始在知识界中间流传。这个人究竟是好是病，是死是活，他不可能像轻烟散去，未必我得到噩耗是在梦中?！一个来探病的朋友批评我："你错怪了郭玲春，她的报道没有受到重视，可能因为领导不曾表态，人们不知道用什么规格发表讣告，刊载消息。不然大陆以外的华文报纸刊出不少悼念文章，惋惜中国文坛巨大的损失，而我们的编辑怎么能安心酣睡，仿佛不曾发生任何事情?!"

我并不信服这样的论断，可是对我谈论规格学的熟人不止他一个，我必须寻找论据答复他们。这个时候小林回来了，她告诉我她从未参加过这样感动人的告别仪式，她说没有达官贵人，告别的只是些亲朋好友，厅子里播放死者生前喜爱的乐曲。老人躺在那里，十分平静，仿佛在沉睡，四周几篮鲜花，几盆绿树，每个人手中拿一朵月季，走到老人跟前，行了礼，将花放在他身边过去了。没有哭泣，没有呼唤，也没有噪音惊醒他，人们就这样平静地跟他告别，他就这样坦然地远去。小林说不出这是一种什么规格的告别仪式，她只感觉到庄严和真诚。我说正是这样，他走得没有牵挂、没有遗憾，从容地消失在鲜花和绿树丛中。

二

一百多天过去了。我一直在想从文的事情。

我和从文见面在1932年。那时我住在环龙路我舅父家中。南京《创作月刊》的主编汪曼铎来上海组稿，一天中午请我在一家俄国西菜社吃中饭，除了我还有一位客人，就是从青岛来的沈从文。我去法国之前读过他的小说，1928年下半年在巴黎我几次听见胡愈之称赞他的文章，他已经发表了不少的作品。我平日讲话不多，又不善于应酬，这次我们见面谈了些什么，我现在毫无印象，只记得谈得很融洽。他住在西藏路上的一品香旅社，我同他去那里坐了一会儿，他身边有一部短篇小说集的手稿，想找个出版的地方，也需要用它换点稿费。我陪他到闸北新中国书局，见到了我认识的那位出版家，稿子卖出去了，书局马上付了稿费，小说过四五个月印了出来，就是那本《虎雏》。他当天晚上去南京，我同他在书局门口分手时，他要我到青岛去玩，说是可以住在学校的宿舍里。我本来要去北平，就推迟了行期，九月初先去青岛，只是在动身前写封短信通知他。我在他那里过得很愉快，我随便，他也随便，好像我们有几十年的交往一样。他的妹妹在山东大学念书，有时也和我们一起出去走走看看。他对妹妹很友爱，很体贴，我早就听说，他是自学出身，因此很想在妹妹的教育上多下工夫，希望她熟悉他自己想知道却并不很了解的一些知识和事情。

在青岛他把他那间屋子让给我，我可以安静地写文章、写信，也可以毫无拘束地在樱花林中散步。他有空就来找我，我们有话就交谈，无话便沉默。他比我讲得多些，他听说我不喜欢在公开场合讲话，便告诉我他第一次在大学讲课，课堂里坐满了学生，他走上讲台，那么多年轻的眼睛望着他，他红着脸，一句话也讲不出来，只好在黑板上写了五个字“请等五分钟”。他就是这样开始教课的。他还告诉我在这之前他每个月要卖一部稿子养家，徐志摩常常给他帮忙，后来，他写多了，卖稿有困难，徐志摩便介绍他到大学教书，起初到上海中国公学，以后才到青岛大学。当时青大的校长是小说《玉君》的作者杨振声，后来他到北平工作，还是和从文在一起。

在青岛我住了一个星期。离开的时候他知道我要去北平，就给我写了两个人的地址，他说，到北平可以去看这两个朋友，不用介绍，只提他的名字，他们就会接待我。

在北平我认识的人不多。我也去看望了从文介绍的两个人，一位姓程，一位姓夏。一位在城里工作，业务搞点翻译；一位在燕京大学教书。一年后我再到北平，还去燕大夏云的宿舍里住了十几天，写完中篇小说《电》。我只说是从文介绍，他们待我十分亲切。我们谈文学，谈得更多的是从文的事情，他们对他非常关心。以后我接触到更多的从文的朋友，我注意到他们对他都有一种深的感情。

在青岛我就知道他在恋爱。第二年我去南方旅行，回到上海得到从文和张兆和在北平结婚的消息，我发去贺电，祝他们“幸福无量”。从文来信要我到他的新家做客。在上海我没有事情，决定到北方去看看，我先去天津南开中学，同我哥哥李尧林一起生活了几天，便搭车去北平。

我坐人力车去府右街达子营，门牌号数记不起来了，总之，顺利地到了沈家。我只提了一个藤包，里面一件西装上衣、两三本书和一些小东西。从文带笑地紧紧握着我的手，说：“你来了。”就把我接进客厅。又介绍我认识他的新婚夫人，他的妹妹也在这里。

客厅连接一间屋子，房内有一张书桌和一张床，显然是主人的书房。他把我安顿在这里。

院子小，客厅小，书房也小，然而非常安静，我住得很舒适。正房只有小小的三间，中间那间又是饭厅，我每天去三次就餐，同桌还有别的客人，却让我坐上位，因此感到一点拘束。但是除了这个，我在这里完全自由活动，写文章看书，没有干扰，除非来了客人。

我初来时从文的客人不算少，一部分是教授、学者，另一部分是作家和学生。他不在大学教书了。杨振声到北平主持一个编教科书的机构，从文就在这机构里工作，每天照常上、下班，我只知道朱自清同他在一起。这个时期他还为天津《大公报》编辑《文艺》副刊，为了写稿和副刊的一些事情，经常有人来同他商谈。这些已经够他忙了，可是他还有一件重要的工作，天津《国闻周报》上的记载：《记丁玲》。

根据我当时的印象，不少人焦急地等待着每一周的《国闻周报》，这连载是受到欢迎、得到重视的，一方面人们敬爱丁玲，另一方面从文的文章有独特的风格，作者用真挚的感情讲出读者心里的话。丁玲几个月前被捕，我从上海动身时，“良友文学丛书”的编者赵家璧委托我向从文组稿，他愿意出高价得到这部“好书”，希望我帮忙，不让别人把稿子拿走。我办到了。可是出版界的形势越来越恶化，赵家璧拿到全稿，已无法编入丛书排印，过一两年他花几百元买下一位图书审查委员的书稿，算是行贿，《记丁玲》才有机会作为“良友文学丛书”之一见到天日。可是删削太多，尤其是后半部，那么多的ＸＸ！以后也没有能重版，更说不上恢复原貌了。

五十五年过去了，从文在达子营写连载的事，我还不曾忘记，写到结尾他有些紧张，他不愿辜负读者的期待，又关心朋友的安危，交稿期到，他常常通宵写作。他爱他的老友，他不仅为她呼吁，同时也在为她的自由奔走。也许这呼吁、这奔走没有多大用处，但是他尽了全力。

最近我意外地找到一九四四年十二月十四日写给从文的信，里面有这样的话："前两个月我和家宝常见面，我们谈起你，觉得在朋友中待人最好、最热心帮忙的人只有你，至少你是第一个。这是真话。"

我记不起我是在什么情形里写下这一段话。但这的确是真话。在一九三四年也是这样，一九八五年我最后一次看见他，他在家养病，假牙未装上，讲话不清楚。几年不见他，有一肚皮的话要说，首先就是一九四四年十二月信上那几句。但是望着病人的浮肿的脸，坐在堆满书的小房间里，我觉得有什么东西堵塞了咽喉，我仿佛回到了一九三四年、三三年。多少人在等待《国闻周报》上的连载，他那样勤奋工作，那样热情写作。《记丁玲》之后又是《边城》，他心爱的家乡的风景和他关心的小人物的命运。这部中篇经过几十年并未失去它的魅力，还鼓舞美国的学者长途跋涉，到美丽的湘西寻找作家当年的脚迹。

我说过我在从文家做客的时候，他编辑的《大公报·文艺》副刊和读者见面了。单是为这个副刊，他就要做三方面工作：写稿、组稿、看稿。我也想得到他的忙碌，但从未听见他诉苦。我为《文艺》写过一篇散文，发刊后我拿回原稿。这手稿我后来捐赠北京图书馆了。我的钢笔字很差，墨水浅淡，只能说是勉强可读，从文却用毛笔填写得清清楚楚。我真想谢谢他，可是我知道他从来就是这样工作，他为多少年轻人看稿、改稿，并设法介绍出去。他还花钱刊印一个青年诗人的第一本诗集并为它作序，不是听说，我亲眼见到那本诗集。

从文就是这样一个人。他不喜欢表现自己。可是我和他接触较多，就看出他身上有不少发光的东西。不仅有很高的才华，他还有一颗金子般的心。他工作多，事业发展，自己并不曾得到甚些报酬，反而引起不少的吱吱喳喳。那些吱吱喳喳加上多少年的小道消息，发展为今天所谓的争议，这争议曾经一度把他赶出文坛，不让他给写进文学史。但他还是默默地做他的工作（分配给他的新的工作），在极端困难的条件下，一样地做出出色的成绩。我接到香港寄来的那本关于中国服装史的大书，一方面为老友新的成就感到兴奋，一方面又痛惜自己浪费掉的几十年的光阴。我想起来了，就是在他那个新家的客厅里，他对我不止讲过一次这样的话："不要浪费时间。"后来他在上海对我、对靳以、对萧乾也讲过类似的话。我当时并不同意，不过我相信他是出于好心。

我在达子营沈家究竟住了两个月或三个月，现在讲不清楚了。这说明我的病（帕金森氏综合症）在发展，不少的事逐渐走向遗忘。所以有必要记下不曾忘记的那些事情。不久靳以为文学季刊社在三座门大街十四号租了房子，要我同他一起搬过去，我便离开从文家。在靳以那里一直住到第二年七月。

北京图书馆和北海公园都在附近，我们经常去这两处。从文非常忙，但在同一座城里，我们常有机会见面，从文还定期为《文艺》副刊宴请作者。我经常出席。他仍然劝我不要浪费时间。我发表的文章他似乎全读过，有时也坦率地提些意见，我知道他对我很关心，对他们夫妇只有好感，我常常开玩笑地说我是他们家的食客，今天回想起来我还感到温暖。一九三四年《文学季刊》创刊，兆和为创刊号写稿，她的第一篇小说《湖畔》受到读者欢迎。她唯一的短篇集①后来就收在我主编的"文学丛刊"里。

三

我提到坦率，提到真诚，因为我们不把话藏在心里，我们之间自然会出现分歧，我们对不少的问题都有不同的看法。可是我要承认我们有过辩论，却不曾有争论。我们辩是非，并不争

① 指《湖畔》，署叔文著，文化生活出版社1941年6月出版。

胜负。

在从文和萧乾的书信集《废邮存底》中还保存着一封他给我的长信《给某作家》(1937)。我1935年在日本横滨编写的《点滴》里也有一篇散文《沉落》是写给他的。从这两封信就可以看出我们间的分歧在什么地方。

1934年我从北平回上海，小住一个时期，动身去日本前为《文学》杂志写了一个短篇《沉落》。小说发表时我已到了横滨，从文读了《沉落》非常生气，写信来质问我："写文章难道是为着泄气?!"我也动了感情，马上写了回答，我承认"我写文章没有一次不是为着泄气"。

他为什么这样生气？因为我批评了周作人一类的知识分子，周作人当时是《文艺》副刊的一位主要撰稿人，从文常常用尊敬的口气谈起他。其实我也崇拜过这个人，我至今还喜欢读他的一部分文章，从前他思想开明，对我国新文学的发展有过大的贡献。可是当时我批判的、我担心的并不是他的著作，而是他的生活、他的行为。从文认为我不理解周，我看倒是从文不理解他。可能我们两人对周都不理解，但事实是他终于做了为侵略者服务的汉奸。

回国以后我还和从文通过几封长信继续我们这次的辩论，因为我又发表过文章，针对另外一些熟人，譬如对朱光潜的批评，后来我也承认自己有偏见，有错误。从文着急起来，他劝我不要"那么爱理会小处"、"莫把感情火气过分糟蹋到这上面"。他责备我："什么米米大的小事如ＸＸＸ之类的闲言小语也使你动火，把小东小西也当成敌人，"还说，"我觉得你感情的浪费真极可惜。"

我记不起我怎样回答他，因为我那封留底的长信在"文革"中丢失了，造反派抄走了它，就没有退回来。但我记得我想向他说明我还有理性，不会变成狂吠的疯狗。我写信，时而非常激动，时而停笔发笑，我想：我有可能担心我会发精神病，我不曾告诉他，他的话对我是连声的警钟，我知道我需要克制，我也懂得他所说的“在一堆沉默的日子里讨生活”的重要。我称他为“敬爱的畏友”，我衷心地感谢他。当然我并不放弃我的主张，我也想通过辩论说服他。

我回国那年年底又去北平，靳以回天津照料母亲的病，我到三座门大街结束《文学季刊》的事情，给房子退租。我去了达子营从文家，见到从文伉俪，非常亲热。他说：“这一年你过得不错嘛。”他不再主编《文艺》副刊，把它交给了萧乾，他自己只编辑《大公报》的《星期文艺》，每周出一个整版。他向我组稿，我一口答应，就在十四号的北屋里，每晚写到深夜，外面是严寒和静寂。北平显得十分陌生，大片乌云笼罩在城市的上空，许多熟人都去了南方，我的笔拉不回两年前朋友们欢聚的日子，屋子里只有一炉火，我心里也在燃烧，我写，我要在暗夜里号叫。我重复着小说中人物的话：“我不怕……因为我有信仰。”

文章发表的那天下午我动身回上海，从文、兆和到前门车站送行。“你还再来吗？”从文微微一笑，紧紧握着我的手。

我张开口吐一个“我”字，声音就哑了，我多么不愿意在这个时候离开他们！我心里想：“有你们在，我一定会来。”

我不曾失信，不过我再来时已是十四年之后，在一个炎热的夏天。

四

抗战期间萧珊在西南联大念书，一九四〇年我从上海去昆明看望她，一九四一年我又从重庆去昆明，在昆明过了两个暑假。从文在联大教书，为了躲避敌机轰炸，他把家迁往呈贡，兆和同孩子们都住在乡下。我们也乘火车去过呈贡看望他们。那个时候没有教师节，教书老师普遍受到轻视，连大学教授也难使一家人温饱，我曾经说过两句话："钱可以赚到更多的钱。书常常给人带来不幸。"这就是那个社会的特点。他的文章写得少了，因为出书困难；生活水平降低了，吃的、用的东西都在涨价，他不叫苦，脸上始终露出温和的微笑。我还记得在昆明一家小饭食店里几次同他相遇，一两碗米线作为晚餐，有西红柿，还有鸡蛋，我们就满足了。

在昆明我们见面的机会不多，但是我们不再辩论了，我们珍惜在一起的每时每刻，我们同游过西山龙门，也一路跑过警报，看见炸弹落下后的浓烟，也看到血淋淋的尸体。过去一段时期他常常责备我："你总说你有信仰，你也得让别人感觉到你的信仰在哪里。"现在连我也感觉得到他的信仰在什么地方。只要看到他脸上的笑容或者眼里的闪光，我觉得心里更踏实。离开昆明后三年中，我每年都要写信求他不要放下笔，希望他多写小说。我说："我相信我们这个民族的潜在力量。"又说："我极赞成你那埋头做事的主张。"没有能再去昆明，我更想念他。

他并不曾搁笔，可是作品写得少。他过去的作品早已绝版，读到的人不多。开明书店愿意重印他的全部小说，他陆续将修订稿寄去。可是一部分底稿在中途遗失，他叹惜地告诉我，丢失的稿子偏偏是描写社会疾苦的那一部分，出版的几册却是关于男女事情的，"这样别人更不了解我了"。

最后一句不是原话，他也不仅说一句，但大意是如此。抗战前他在上海《大公报》发表过批评海派的文章引起强烈的反感。在昆明他的某些文章又得罪了不少的人。因此常有对他不友好的文章和议论出现。他可能感到有一点寂寞，偶尔也发发牢骚，但主要还是对那种越来越重视金钱、轻视知识的社会风气。在这一点我倒理解他，我在写作生涯中挨过的骂可能比他多，我不能说我就不感到寂寞。但是我并没有让人骂死。我也看见他倒了又站起来，一直勤奋地工作，最后他被迫离开了文艺界。

五

那是1949年的事。最初北平和平解放，然后上海解放。六月我和靳以、辛笛、健吾、唐弢、赵家璧他们去北平，出席首次全国文代会，见到从各地来的许多熟人和分别多年的老友，还有更多的献出自己的青春和心血的文艺战士。我很感动，也很兴奋。

但是从文没有露面，他不是大会的代表。我们几个人到他的家去，见到了他和兆和，他们早已不住在达子营了，不过我现在也说不出他们是不是住在东堂子胡同，因为一晃就是四十年，我的记忆模糊了，这几十年中间我没有看见他住过宽敞的房屋。最后他得到一个舒适的住处，却已经疾病缠身，只能让人搀扶着在屋里走走。我至今未见到他这个新居，1985年五月后我就未去过北京，不是我不想去，但我越来越举步艰难了。

首届文代会期间我们几个人去从文家不止一次，表面上看不出他有情绪，他脸上仍然露出微笑。他向我们打听文艺界朋友的近况，他关心每一个熟人。然而文艺界似乎忘记了他，不给他出席文代会，以后还把他分配到历史博物馆，让他做讲解员，据说郑振铎到那里参观一个什么展览，见过他，但这是以后的事了。这年九月我第二次来北平出席全国政协会议，接着中华人民共和国成立，北京又成为首都，这次我大约住了三个星期，我几次看望从文，交谈的机会较多，我才了解一些真实情况。北京解放前后当地报纸上刊载了一些批判他的署名文章，有的还是在香港报上发表过的，十分尖锐。他在围城里，已经感到很孤寂，对形势和政策也不理解，只希望有一两个文艺界熟人见见他，同他谈谈。他当时战战兢兢，如履薄冰，仿佛就要掉进水里，多么需要人来拉他一把，可是他的期望落了空。他只好到华北革大去了，反正知识分子应当进行思想改造。

不用说，他受到了不公平的待遇，不仅在今天，在当时我就有这样的看法，可是我并没有站出来替他讲过话，我不敢，我总觉得自己头上有一把达摩克利斯的宝剑。从文一定感到委屈，可是他不声不响、认真地干他的工作。政协会议以后，第二年我去北京开会，休会的日子我去看望过从文，他似乎很平静，仍旧关心地问到一些熟人的近况。我每次赴京，总要去看看他。他已经安定下来了。对瓷器、对民间工艺、对古代服装他都有兴趣，谈起来头头是道。我暗中想，我外表忙忙碌碌，有说有笑，心里却十分紧张，为什么不能坐下来，埋头译书，默默地工作几年，也许可以做出一点成绩。然而我办不到，即使由我自己做主，我也不愿放下笔，还想换一支新的来歌颂新社会。我下决心深入生活，却始终深不下去，我参加各种活动，也始终浮在面上，经过北京我没有忘记去看他，总是在晚上去，两三间小屋，书架上放满了线装书，他正在工作，带着笑容欢迎我，问我一家人的近况，问一些熟人的近况。兆和也在，她在《人民文学》编辑部工作，偶尔谈几句杂志的事。有时还有他一个小女儿（侄女），他们很喜欢她，两个儿子不同他们住在一起。

我大约每年去一次，坐一个多小时，谈话他谈得多一些，我也讲我的事，但总是他问我答。我觉得他心里更加踏实了。我讲话好像只是在替自己辩护。我明白我四处奔跑，却什么都抓不住，心里空虚得很。我总疑心他在问我：你这样跑来跑去，有什么用处？不过我不会老实地对他讲出来。他的情况也逐渐好转，他参加了人民政协，在报刊上发表诗文。

“文革”前我最后一次去他家，是在 1956 年 7 月，我就要动身去越南采访。是在晚上，天气热，房里没有灯光，砖地上铺一床席子，兆和睡在地上，从文说：“三姐生病，我们外面坐。”我和他各人一把椅子在院子里坐了一会，不知怎样我们两个讲话都没有劲头，不多久我就告辞走了。当时我绝没想到不出一年就会发生“文化大革命”，但是我有一种感觉我头上那把利剑，正在缓缓地往下坠。“四人帮”后来批判的“四条汉子”已经揭露出三个，我在这年元旦听过周扬一次谈话，我明白人人自危，他已经在保护自己了。

旅馆离这里不远，我慢慢地走回去，我想起过去我们的辩论，想起他劝我不要浪费时间，而我却什么也搞不出来。十几年过去了，我不过给添了一些罪名。我的脚步很沉重，仿佛前面张开一个大网，我不知道会不会投进网里，但无论如何一个可怕的、摧毁一切的、大的运动就要来了。我怎能够躲开它？

回到旅馆我感到筋疲力尽，第二天早晨我就去机场，飞向南方。

六

在越南我进行了三个多月的采访，回到上海，等待我的是姚文元的《评新编历史剧〈海瑞罢官〉》。每周开会讨论一次，人人表态，看得出来，有人慢慢地在收网，“文化大革命”就要开场了。我有种种的罪名，不但我紧张，朋友们也替我紧张，后来我找到机会在会上作了检查，自以为卸掉了包袱。六月初到北京开会（亚非作家紧急会议），在机场接我的同志小心嘱咐我“不要出去找任何熟人”。我一方面认为自己已经过关，感到轻松，另一方面因为运动打击面广，又感到恐怖。我在这种奇怪的心境之下忙了一个多月，我的确“没出去找任何熟人”，无论是从文、健吾或者冰心。

但是会议结束，我回到机关参加学习，才知道自己仍在网里，真是在劫难逃了。进了牛棚，仿佛落入深渊，别人都把我看作罪人，我自己也认为有罪，表现得十分恭顺。绝没有想到这个所谓“触及灵魂”的“革命”会持续十年。在灵魂受到熬煎的漫漫长夜里，我偶尔也想到几个老朋友，希望从友情那里得到一点安慰。可是关于他们，一点消息也没有。我想到了从文，他的温和的笑容明明在我眼前。我对他讲过的那句话，“我不怕……我有信仰”像铁锤在我的头上敲打，我哪里有信仰？我只有害怕。我还有脸去见他？这种想法在当时也是很古怪的，一会儿就过去了，过些日子它又在我脑子里闪亮一下，然后又熄灭了。我一直没有从文的消息，也不见人来外调他的事情。

六年过去了。我在奉贤县文化系统“五七干校”里学习和劳动，在那里劳动的有好几个单位的干部，许多人我都不认识。有一次我给揪回上海接受批判，批判后第二天一早到巨鹿路作协分会旧址学习，我刚刚在指定的屋子里坐好，一位年轻姑娘走进来，问我是不是某人，她是从文家的亲戚，从文很想知道我是否住在原处。她是音乐学院附中的学生，我在干校见过。从文一家平安，这是很好的消息，可是我只答了一句：我仍住在原处。她就走了。回到干校，过了一些日子，我又遇见她，她说从文把我的地址遗失了，要我写一个交给她转去。我不敢背着工宣队“进行串连”，我怕得很。考虑了好几天，我才把写好的地址交给她。经过几年的改造，我变成了另外一个人，我遵守的信条是：多一事不如少一事。我并不希望从文来信。但是出乎我的意料，他很快就寄了信来，我回家休假，萧珊已经病倒，得到北京寄来的长信，她拿着五张信纸反复地看，含着眼泪地说：“还有人记得我们啊！”这对她是多大的安慰！

他的信是这样开始的：“多年来家中搬动太大，把你们家的地址遗失了，问别人忌讳又多，所以直到今天得到 X 家熟人一信相告，才知道你们住处。大致家中变化还不太多。”

五页信纸上写了不少朋友的近状，最后说：“熟人统在念中。便中也希望告知你们生活种种，我们都十分想知道。”

他还是像三十年代那样关心我。可是我没有寄去片纸只字的回答。萧珊患了不治之症，不到两个月便离开人世。我还是审查对象，没有通信自由，甚至不敢去信通知萧珊病逝。

我为什么如此缺乏勇气？回想起来今天还感到惭愧。尽管我不敢表示自己并未忘记故友，从文却一直惦记着我。他委托一位亲戚来看望，了解我的情况。一九七四年他来上海，一个下午到我家探望，我女儿进医院待产，儿子在安徽农村插队落户，家中冷冷清清，我们把藤椅搬到走廊上，没有拘束，谈得很畅快。我也忘了自己的"结论"已经下来：一个不戴帽子的反革命。

七

等到这个"结论"推翻，我失去的自由逐渐恢复，我又忙起来了。多次去北京开会，却只到过他的家两次。头一次他不在家，我见着兆和，急匆匆不曾坐下吃一杯茶。屋子里连写字桌也没有，只放得下一张小茶桌，夫妻二人轮流使用。第二次他已经搬家，可是房间还是很小，四壁图书，两三幅大幅近照，我们坐在当中，两把椅子靠得很近，使我想起一九六五年那个晚上，可是压在我们背上的包袱已经给甩掉了，代替它的是老和病。他行动不便，我比他好不了多少。我们不容易交谈，只好请兆和作翻译，谈了些彼此的近况。

我大约坐了不到一个小时吧，告别时我高高兴兴，没有想到这是我们最后的一面，我以后就不曾再去北京。当时我感到内疚，暗暗地责备自己为什么不早来看望他。后来在上海听说他搬了家，换了宽敞的住处，不用下楼，可以让人搀扶着在屋子里散步，也曾替他高兴一阵子。

最近因为怀念老友，想记下一点什么，找出了从文的几封旧信，1980 年 2 月信中有一段话，我一直不能忘记："因住处只一张桌子，目前为我赶校那两份选集，上午她三点即起床，六点出门上街取牛奶，把桌子让我工作，下午我睡，桌子再让她使用到下午六点，她做饭，再让我使用书桌。这样下去，那能支持多久!”

这事实应当大书特书，让国人知道中国一位大作家、一位高级知识分子就是在这种条件下工作。尽管他说“那能支持多久”，可是他在信中谈起他的工作，劲头还是很大。他是能够支持下去的。近几个月我常常想：这个问题要是早解决，那有多好！可惜来得太迟了。不过有人说迟来总比不来好。

那么他的讣告是不是也来迟了呢？人们究竟在等待什么？我始终想不明白，难道是首长没有表态，记者不知道报道应当用什么规格？有人说：“可能是文学史上的地位没有排定，找不到适当的头衔和职称吧。”又有人说：“现在需要搞活经济，谁关心一个作家的生死存亡？你的笔就能把生产搞上去?!”

我无法回答。

又过了一个多月，我动笔更困难，思想更迟钝，讲话声音更低，我感觉到自己身体的一部分逐渐在老死。我和老友见面的时候不远了……

倘使真的和从文见面，我将对他讲些什么呢?

我还记得兆和说过：“火化前他像熟睡一般，非常平静，看样子他明白自己一生在大风大浪中已尽了自己应尽的责任，清清白白，无愧于心。”他的确是这样。

我多么羡慕他！可是我却不能走得像他那样平静、那样从容，因为我并未尽了自己的责任，还欠下一身债，我不可能不惊动任何人静悄悄离开人世。那么就让我的心长久燃烧，一直到还清我的欠债。

有什么办法呢？中国知识分子的悲剧我是躲避不了的。

1988 年 9 月 30 日

“创作自由”

今天收到一位朋友从纽约寄来的信，信上有这样一段话：“这次北京‘作协’大会，海外反应很强烈，虽然大家说话有些不好听，但几乎都感到兴奋与欣慰。我们只盼望能真正地实行下去。您那颗一直年轻的心，也许能分外地理解我们。”她是《美洲华侨日报》副刊的编辑，还附寄了两期副刊的剪报。副刊的大标题是：《海外的回响，对中国作协第四次代表大会的观感》，执笔的有二十四位海外作家。

这次大会的确是一次盛会，我虽然因病没有能出席，只是托人在会上念了我的开幕词，但是会后常有人来找我谈开会的情况，我还读过大会的一部分文件和简报。我对这次大会怀有大的期望，我有一个想法：这次大会一定和以前的任何一次会议不同。根据什么作出这样的判断，我自己也说不清楚。大会结束了。反应的确很强烈，我指的并不是“海外”，是国内，反应来自跟这次大会有切身关系的全国作家。反应强烈，说明这次大会开得不寻常；会后听说在这里好些单位都主动地请人传达，可见这次大会受到普遍的注意。对于大会可能各人有各人的看法，但有一点则是共同的：大家都欢迎它。当然也有例外，有人不满意这样的会，不过即使有，为数也极少，这些人只好躲在角落里发出一些噪音。

大会开幕后新华社记者从北京来电话要我发表意见，我正在病中，没有能讲什么，只说：“会开得好。我同意王蒙那句话：

‘中国文学的黄金时代真的到来了。’”今天我读了海外华人作家对大会的“观感”，意外地发现他们的想法和我的相差并不远，他们的话我听起来并非“不好听”，而是很入耳。这里不存在理解不理解的问题。说实话我的心已经很不年轻了，但是我和他们同样地热爱我们伟大的中华民族，同样地热爱我们善良的中国人民，所以我们走到一起了。我随便举一个例子。一位海外同行说这次大会“最值得注意的有两件事：第一是胡启立代表中共中央提出给作家以创作自由的保证；第二件是刘宾雁、王蒙等革新派作家的高票当选。”第一件事在所有海外同行的观感中都曾经谈到，或深或浅，或明或暗，大家一致认为“创作自由”是创作繁荣不可少的条件。第二件事提到的人不多，不过刘宾雁、王蒙的作品在海外受到普遍的重视，有人甚至认为他们的当选是“革新派的凯歌”。这样的意见有什么“不好听”呢？我们自己不是也有类似的意见吗？

最近我还在家养病。晚上，咳得厉害，在硬板床上不停地向左右两面翻身，总觉得不舒服，有时睡了一个多小时，又会在梦中被自己的叫声惊醒。睡不着我就东想西想。我常常想起刚刚开过的第四次作家代表大会。于是对大会我也有了自己的“观感”了。可是很奇怪，我想到的恰恰也就是那两样事情：祝词和选举。这是大会的两大“收获”，也是两大“突破”。代表们出席大会，并不是“为开会而开会”，而是为了解决繁荣创作的问题。作家们用自己的脑子思考问题，对他们“创作自由”和“艺术民主”不再是空话了。不用说党中央对“创作自由”的保证受到热烈的欢迎，这是对作家们很大的鼓舞。说到选举，有人说，这次不是照别人的意思画圈圈，我们可以根据自己的想法挑选“领导人”。

这两件事都只是一个开端。但是一开了头就会有人接着朝前走。走了第一步就容易走第二步。有人带了头，跟上来的人不会少。有了路，走的人会更多。全国的眼睛都在注视这次大会上发生的事情，大家都在想：你们走出了路，我们为什么不可以跟着走上去？你们可以按照自己的主张挑选人，哪怕只有一个两个，也总算给我们树立了榜样。我们也可以用打叉叉代替画圈圈，表示自己的意见。既然好不容易向前迈出了一大步，谁还肯退回原地或者更往后退?!

关于选举，我不想多说了。只要大家不讲空话，在创作实践中踏着坚定的步子，即使走得再慢，也不会陷在泥坑里拔不起脚。从“创作自由”起步，会走到百花盛开的园林。“创作自由”不是空洞的口号，只有在创作实践中人们才懂得什么是“创作自由”。也只有出现更多、更好的作品，才能说明什么是“创作自由”。我还记得一个故事，十九世纪著名的俄罗斯诗人涅克拉索夫临死前在病床上诉苦，说他开始发表作品就让检查官任意删削，现在他躺在床上快要死了，他的诗文仍然遭受刀斧，他很不甘心……原话我记不清楚了，但《俄罗斯女人》的作者抱怨没有“创作自由”这事实给我留下极其深刻的印象。在沙皇统治下的俄罗斯，是没有自由的，更不用说“创作自由”了。但十九世纪的俄罗斯文学至今还是世界文学的一个高峰。包括涅克拉索夫在内的许许多多光辉的名字都是从荆棘丛中、羊肠小道升上天空的明星。托尔斯泰的三大长篇的最后一部（《复活》）就是在没有自由的条件下写作、发表和出版的。托尔斯泰活着的时候在他的国家里就没有出过一种未经删节的本子。他和涅克拉索夫一样，都是为“创作自由”奋斗了一生。作家们用自己的脑子考虑问题，根据自己的生活感受，写出自己想说的话，这就是争取“创作自由”。前辈们的经验告诉我们，“创作自由”不是天赐的，是争取来的。严肃认真的作家即使得不到自由也能写出垂光百世的杰作，虽然事后遭受迫害，他们的作品却长久活在人民的心中。“创作自由”的保证不过是对作家们的一种鼓励，对文学事业发展的一种推动力量。保证代替不了创作，真正的黄金时代的到来还得依靠大量的好作品引路。黄金时代，就是出人、出作品的时代。这样的时代决不是用盼望、用等待可以迎接来的。关于作协大会的新闻报道说，“许多作家特别是一些老同志眼圈红了，哭了，说他们盼了一辈子才盼到这一天”。我没有亲眼看见作家们的泪水，不能凭猜想做任何解释；但是我可以说，倘使我出席了大会，倘使我也流了眼泪，那一定是在悲惜白白浪费掉的二三十年的大好时光。我常说自己写了五六十年的文章，可是有位朋友笑我写字不如小学生。他讲的是真话。我从小就很少花工夫练字，不喜欢在红格纸上填字，也不喜欢老师手把手地教我写，因此毫无成绩，这是咎由自取。后来走上文学道路，我也不习惯讨好编辑、迎合读者，更不习惯顺着别人的思路动自己的笔，我写过不少不成样子的废品，但是我并不为它们感到遗憾。我感到可悲的倒是像流水一样逝去的那些日子。那么多的议论！那么多的空谈！离开了创作实践，怎么会多出作品?！若说“老作家盼了一辈子才盼到”使他们流泪的这一天，那么读者们盼了一辈子的难道也是作家们的眼泪？当然不是。读者们盼的是作家们的创作实践和辛勤劳动，是作品，是大量的好作品。没有它们，一切都是空话，连“中国文学的黄金时代”也是空话。应当把希望放在作家们的身上，特别是中青年作家的身上——我一直是这样想的。

1985 年 2 月 8 日

说真话

最近听说上海《新民晚报》要复刊。有一天我遇见晚报的前任社长，问起来，他说："还没有弄到房子，"又说："到时候会要你写篇文章。"

我说："我年纪大了，脑子不管用，写不出应景文章。"

他说："我不出题目，你只要说真话就行。"

我不曾答应下来，但是我也没有拒绝，我想：难道说真话还有困难！

过了几天我出席全国文联的招待会，刚刚散会，我走出人民大会堂二楼东大厅，一位老朋友拉住我的左胳膊，带笑说："要是你的《爝火集》里没有收那篇文章就好了。"他还害怕我不理解，又加了三个字："姓陈的。"我知道他指的是《大寨行》，我就说："我是有意保留下来的。"这句话提醒我自己：讲真话并不那么容易！

去年我看《爝火集》清样时，人们就在谈论大寨的事情。我曾经考虑要不要把我那篇文章抽去，后来决定不动它。我坦白地说，我只是想保留一些作品，让它向读者说明我走过什么样的道路。如果说《大寨行》里有假象，那么排在它前面的那些文章，那许多豪言壮语，难道都是真话？就是一九六四年八月我在大寨参观的时候，看见一辆一辆满载干部、社员的卡车来来去去，还听说每天都有几百个参观、学习的人。我疑惑地想：这个小小的大队怎么负担得起？我当时的确这样想过，可是文章里写的却是另外一句话："显然是看得十分满意。"那个时候大队支部书记还没有当上副总理，吹牛还不曾吹到"天大旱，人大干"每年虚报产量的程度。我的见闻里毕竟还有真实的东西。这种写法好些年来我习以为常。我从未考虑听来的话哪些是真，哪些是假。现在回想，我也很难说出是什么时候开始的，可能是一九五七年以后吧。总之，我们常常是这样：朋友从远方来，高兴地会见，坐下来总要谈一阵大好形势和光明前途，他谈我也谈。这样地进行了一番歌功颂德之后，才敞开心来谈真话。这些年我写小说写得很少，但是我探索人心的习惯却没有给完全忘掉。运动一个接着一个没完没了，每次运动过后我就发现人的心更往内缩，我越来越接触不到别人的心，越来越听不到真话。我自己也把心藏起来藏得很深，仿佛人已经走到深渊边缘，脚已经踏在薄冰上面，战战兢兢，只想怎样保全自己。"十年浩劫"刚刚开始，为了让自己安全过关，一位三十多年的老朋友居然编造了一本假账揭发我。在那荒唐而又可怕的十年中间，说谎的艺术发展到了登峰造极的地步，谎言变成了真理，说真话倒犯了大罪。我挨过好几十次的批斗，把数不清的假话全吃进肚里。起初我真心认罪服罪，严肃对待；后来我只好人云亦云，挖空心思编写了百份以上的"思想汇报"。保护自己我倒并不在乎，我念念不忘的是我的妻子、儿女，我不能连累他们，对他们我还保留着一颗真心，在他们面前我还可以讲几句真话。在批判会上，我渐渐看清造反派的面目，他们一层又一层地剥掉自己的面具。一九六八年秋天一个下午他们把我拉到田头开批斗会，向农民揭发我的罪行；一位造反派的年轻诗人站出来发言，揭露我每月领取上海作家协会一百元的房租津贴。他知道这是假话，我也知道他在说谎，可是我看见他装模作样毫不红脸，我心里真不好受。这就是好些外国朋友相信过的"革命左派"，有一个时期我差一点也把他们当做新中国的希望。他们就是靠说假话起家的。我并不责怪他们，我自己也有责任。我相信过假话，我传播过假话，我不曾跟假话作过斗争。别人“高举”，我就“紧跟”；别人抬出“神明”，我就低首膜拜。即使我有疑惑，我有不满，我也把它们完全咽下。我甚至愚蠢到愿意钻进魔术箱变“脱胎换骨”的戏法。正因为有不少像我这样的人，谎话才有畅销的市场，说谎话的人才能步步高升。……

现在那一切都已经过去，正在过去，或者就要过去。这次我在北京看见不少朋友，坐下来，我们不谈空洞的大好形势，我们谈缺点，谈弊病，谈前途，没有人害怕小报告，没有人害怕批斗会。大家都把心掏出来，我们又能够看见彼此的心了。

9 月 20 日

写真话

朋友王西彦最近在《花城》[1] 上发表了一篇文章，讲我们一起在“牛棚”里的一些事。文章的标题是《炼狱中的圣火》，这说明我们两个人在“牛棚”里都不曾忘记但丁的诗篇。不同的是，我还在背诵“你们进来的人，丢开一切的希望吧”[2]，我还在地狱里徘徊的时候，他已经走向炼狱了。“牛棚”里的日子，这种荒唐而又残酷、可笑而又可怕的生活是值得一再回忆的。读了西彦的文章，我仿佛又回到了但丁的世界。正如西彦所说，一九六六年八月我刚在机场送走了亚非各国的作家，“就被当做专政对象，关进了‘牛棚’。”他却是第一个给关进上海作家协会的“牛棚”的，用当时的习惯语，就是头一批给“抛出来的”。他自己常说，他在家里一觉醒来，听见广播中有本人的名字，才知道在前一天的大会上上海市长点了他的名，头衔是“反党、反革命分子”。他就这样一下子变成了“牛”。这个“牛”字是从当时（大概是一九六六年六月吧）《人民日报》的一篇社论《横扫一切牛鬼蛇神》来的。“牛鬼蛇神”译成外文就用“妖怪”（Monster）这个字眼。我被称做“妖怪”，起初我也想不通，甚至痛苦，我明明是人，又从未搞过“反党”、“反革命”的活动。但是看到“兴无灭资”的大字报，人们说我是“精神贵族”，是“反动权威”；人们批判我“要求创作自由”；人们主张：“无产阶级对资产阶级实行全面专

---

① 见《花城》第六集，1980 年 8 月。

② 见《神曲》第三曲。

政”，我就逐渐认罪服罪了。

我是真心“认罪服罪”的，我和西彦不同，他一直想不通，也一直在顶。他的罪名本来不大，因为“顶”，他多吃了好些苦头，倘使“四人帮”迟垮两三个月，他很有可能给戴上“反革命”的帽子。一九六七年在巨鹿路作家协会的“牛棚”里，我同西彦是有分歧的，我们不便争吵，但是我对他暗中有些不满意。当时我认为我有理，过两年我才明白，现在我更清楚：他并不错。我们的分歧在于我迷信神，他并不那么相信。举一个例子，我们在“牛棚”里劳动、学习、写交代，每天从大清早忙到晚上十点前后，有时中饭后坐着打个盹，监督组也不准。西彦对这件事很不满，认为这是有意折磨人，很难办到。而且不应照办。我说既然认真进行“改造”，就不怕吃苦，应当服从监督组的任何规定。我始终有这样的想法：通过苦行赎罪。而据我看西彦并不承认自己有罪，现在应当说他比我清醒。读他的近作，我觉得他对我十分宽容，当时我的言行比他笔下描写的更愚蠢、更可笑。我不会忘记自己的丑态，我也记得别人的嘴脸。我不赞成记账，也不赞成报复。但是我决不让自己再犯错误。

十年浩劫决不是黄粱一梦。这个大灾难同全世界人民都有很大的关系，我们要是不搞得一清二楚，作一个能说服人的总结，如何向别国人民交代！可惜我们没有但丁，但总有一天会有人写出新的《神曲》。所以我常常鼓励朋友：“应该写！应该多写！”

当然是写真话。

10 月 4 日

再论说真话

我的《随想》并不“高明”，而且绝非传世之作。不过我自己很喜欢它们，因为我说了真话，我怎么想，就怎么写出来，说错了，也不赖账。有人告诉我，在某杂志①上我的《随想录》（第一集）受到了“围攻”。我愿意听不同的意见，就让人们点起火来烧毁我的《随想》吧！但真话却是烧不掉的。当然，是不是真话，不能由我一个人说了算，它至少总得经受时间的考验。三十年来我写了不少的废品，譬如上次提到的那篇散文，当时的劳动模范忽然当上了大官，很快就走向他的反面；既不“劳动”，又不做“模范”；说假话、搞特权、干坏事倒成了家常便饭。过去我写过多少豪言壮语，我当时是那样欢欣鼓舞，现在才知道我受了骗，把谎言当做了真话。无情的时间对盗名欺世的假话是不会宽容的。

奇怪的是今天还有人要求作家歌颂并不存在的“功”、“德”。我见过一些永远正确的人，过去到处都有。他们时而指东，时而指西，让别人不断犯错误，他们自己永远当裁判官。他们今天夸这个人是“大好人”，明天又骂他是“坏分子”。过去辱骂他是“叛徒”，现在又尊敬他为烈士。本人说话从来不算数，别人讲了一句半句就全记在账上，到时候整个没完没了，自己一点也不脸红。他们把自己当做机器，你装上什么唱片，他们唱什么调子；

① 香港《开卷》杂志，1980年9月号。

你放上什么录音磁带，他们哼什么歌曲。他们的嘴好像过去外国人屋顶上的信风鸡，风吹向哪里，他们的嘴就朝着哪里。

外国朋友向我发过牢骚：他们对中国友好，到中国访问，要求我们介绍真实的情况，他们回去就照我们所说向他们的人民宣传。他们勇敢地站出来做我们的代言人，以为自己讲的全是真话。可是不要多长的时间就发现自己处在尴尬的境地：前后矛盾、不能自圆其说，变来变去，甚至打自己的耳光。外国人重视信用，不会在思想上跳来跳去、一下子转大弯。你讲了假话就得负责，赖也赖不掉。有些外国朋友就因为贩卖假话失掉信用，至今还被人抓住不肯放。他们吃亏就在于太老实，想不到我们这里有人靠说谎度日。当“四人帮”围攻安东尼奥尼的时候，我在一份意大利“左派”刊物上读到批判安东尼奥尼的文章。当时我还在半靠边，但是可以到邮局报刊门市部选购外文“左派”刊物。我早已不相信“四人帮”那一套鬼话，我看见中国人民越来越穷，而“四人帮”一伙却大吹“向着共产主义迈进”。报纸上的宣传和我在生活中的见闻全然不同，“四人帮”说的和他们做的完全两样。我一天听不到一句真话，偶尔有人来找我谈思想，我也不敢吐露真心。我怜悯那位意大利“左派”的天真，他那么容易受骗。事情过了好几年，我不知道他今天是左还是右，也可能还有人揪住他不放松。这就是不肯独立思考而受到的惩罚吧。

其实我自己也有更加惨痛的教训。一九五八年大刮浮夸风的时候我不但相信各种“豪言壮语”，而且我也跟着别人说谎吹牛。我在一九五六年也曾发表杂文，鼓励人“独立思考”，可是第二年运动一来，几个熟人摔倒在地上，我也弃甲丢盔自己缴了械，一直把那些杂感作为不可赦的罪行；从此就不以说假话为可耻了。当然，这中间也有过反复的时候，我有脑子，我就会思索，有时我也忍不住吐露自己的想法。一九六二年我在上海文艺界的一次会上发表了一篇讲话：《作家的勇气和责任心》。就只有那么一点点“勇气和责任心”！就只有三几十句真话！它们却成了我精神上一个包袱，好些人拿了棍子等着我，姚文元便是其中之一。果然，“文化大革命”开始，我还在北京出席亚非作家紧急会议，上海作家协会的大厅里就贴出了“兴无灭资”的大字报，揭露我那篇“反党”发言。我回到上海便诚惶诚恐地到作家协会学习。大字报一张接着一张，“勒令”我这样，“勒令”我那样，贴不到十张，我的公民权利就给剥夺干净了。

那是一九六六年八九月发生的事。我当时的心境非常奇怪，我后来说，我仿佛受了催眠术，也不一定很恰当。我脑子里好像只有一堆乱麻，我已无法独立思考，我只是感觉到自己背着一个沉重的“罪”的包袱掉在水里，我想救自己，可是越陷越深。脑子里没有是非、真假的观念，只知道自己有罪，而且罪名越来越大。最后认为自己是不可救药的了，应当忍受种种灾难、苦刑，只是为了开脱、挽救我的妻子、儿女。造反派在批斗会上揭发、编造我的罪行，无限上纲。我害怕极了。我起初还分辩几句，后来一律默认。那时我信神拜神，也迷信各种符咒。造反派批斗我的时候经常骂一句：“休想捞稻草！”我抓住的唯一的“稻草”就是“改造”。我不仅把这个符咒挂在门上，还贴在我的心上。我决心认真地改造自己。我还记得在我小的时候每逢家中有人死亡，为了“超度亡灵”，请了和尚来诵经，在大厅上或者别的地方就挂出了十殿阎罗的图像。在像上有罪的亡魂通过十个殿，受尽了种种酷刑，最后转世为人。这是我儿童时代受到的教育，几十年后它在我身上又起了作用。一九六六年下半年以后的三年中间，我就是这样的理解“改造”的，我准备给“剖腹挖心”，“上刀山、下油锅”，受尽惩罚，最后喝“迷魂汤”、到阳世重新做人。因此我下定决心咬紧牙关坚持到底。虽然中间有过很短时期我曾想到自杀，以为眼睛一闭就毫无知觉，进入安静的永眠的境界，人世的毁誉无损于我。但是想到今后家里人的遭遇，我又不能无动于衷。想了几次我终于认识到自杀是胆小的行为，自己忍受不了就让给亲人忍受，自己种的苦果却叫妻儿吃下，未免太不公道。而且当时有一句流行的话："哪里摔倒就在哪里站起来。"我还痴心妄想在"四人帮"统治下面忍受一切痛苦在摔倒的地方爬起来。

那些时候，那些年我就是在谎言中过日子，听假话，说假话，起初把假话当做真理，后来逐渐认出了虚假；起初为了"改造"自己，后来为了保全自己；起初假话当真话说，后来假话当假话说。十年中间我逐渐看清楚十座阎王殿的图像，一切都是虚假！"迷魂汤"也失掉了效用，我的脑子清醒，我回头看背后的路，还能够分辨这些年我是怎样走过来的。我踏在脚下的是那么多的谎言，用鲜花装饰的谎言！

哪怕是给铺上千万朵鲜花，谎言也不会变成真理。这样一个浅显的道理，我为它却花费了很长的时间，付出了很高的代价。

人只有讲真话，才能够认真地活下去。

10月2日

三论讲真话

我昨天读完了谌容的中篇小说《真真假假》[①]。我读到其中某两三段，一个人哈哈地笑了一阵子，这是近十几年来少有的事。这是一篇严肃的作品。小说中反映了一次历时三天的学习、批判会。可笑的地方就在人们的发言中：这次会上的发言和别人转述的以前什么会上的发言。

笑过之后，我又感到不好受，好像撞在什么木头上，伤了自己。是啊，我联系到自己的身上，联系到自己的经历了。关于学习、批判会，我没有做过调查研究，但是我也有三十多年的经验。我说不出我头几年参加的会是什么样的内容，总不是表态，不是整人，也不是自己挨整吧。不过以后参加的许多大会小会中整人被整的事就在所难免了。但有一点是可以确定的：表态，说空话，说假话。起初听别人说，后来自己跟着别人说，再后是自己同别人一起说。起初自己还怀疑这可能是假话、那可能是误传，这样说可能不符合事实等等、等等。起初我听见别人说假话，自己还不满意，不肯发言表态。但是一个会接一个会地开下去，我终于感觉到必须甩掉“独立思考”这个包袱，才能“轻装前进”，因为我已经在不知不觉中给改造过来了。于是叫我表态就表态。先讲空话，然后讲假话，反正大家讲一样的话，反正可以照抄报纸，照抄文件。开了几十年的会，到今天我还是怕开

---

① 见《收获》双月刊 1982 年第一期。

会，我有一种感觉，有一种想法，从来不曾对人讲过，在会议的中间，在会场里，我总觉得时光带着叹息在门外跑过，我拉不住时光，却只听见那些没完没了的空话、假话，我心里多烦。我只讲自己的经历，我浪费了多少有用的时间。不止我一个，当时同我在一起的有多少人啊！

“大家都在浪费时间”，这种说法可能有人不同意。这个人可能在会上夸夸其谈、大开无轨电车，也可能照领导的意思、看当时的风向发表言论。每次学习都能做到“要啥有啥”，取得预期的效果。大家都“受到深刻的教育，在认识上提高了一步”。有人说学习批判会是“无上的法宝”。而根据我的经验、我的收获却是“竹篮打水一场空”，我只是在混时间。但是我学会了说空话，说假话。有时我也会为自己的假话红脸，不过我不用为它担心，因为我同时知道谁也不会相信这些假话。至于空话，大家都把它当做护身符，在日常生活里用它揩揩桌子、擦擦门窗。人们想，把屋子打扫干净，就不怕“运动”的大神进来检查卫生。

大家对运动也有看法，不少的人吃够了运动的苦头。喜欢运动的人可能还有，但也不会太多。根据我的回忆，运动总是从学习与批判开始的。运动的规模越大，学习会上越是杀气腾腾。所以我不但害怕运动，也害怕学习和批判（指的是批判别人）。和那样的会比起来，小说里的会倒显得轻松多了。

我还记得一九六五年第四季度我从河内回来，出国三个多月，对国内的某些情况已经有点生疏，不久给找去参加《评新编历史剧〈海瑞罢官〉》的学习会，感到莫名其妙。为什么姚文元一篇文章要大家长期学习呢？我每个星期六下午去文艺会堂学习一次，出席人多，有人抢先发言，轮不到我开口。过了两三个星期，我就看出来，我们都在网里，不过网相当大，我们在网中还有活动余地，是不是要一网打尽，当时还不能肯定。自己有时也在打主意从网里逃出去，但更多的时间里我却这样地安慰自己：

“听天安命吧，即使是孙悟空，也逃不出如来佛的手掌心。”

回想起那些日子，那些学习会，我今天还感到不寒而栗。我明明觉得罩在我四周的网越收越小、越紧，一个星期比一个星期厉害。一方面想到即将来临的灾难，一方面又存着幸免的心思，外表装得十分平静，好像自己没有问题，实际上内心空虚，甚至惶恐。背着人时我坐立不安，后悔不该写出那么多的作品，惟恐连累家里的人。我终于在会上主动地检查了一九六二年在上海第二次文代会上的发言的错误。我还说我愿意烧掉我的全部作品。这样讲过之后比较安心了，以为自己承认了错误，或者可以“过关”。谁知这次真是一网打尽，在劫难逃。姚文元抡起他所谓的“金棍子”打下来。我出席了亚非作家紧急会议，送走外宾后，参加作家协会的学习会，几张大字报就定了我的罪，没有什么根据就抄了我的家。随便什么人都可以到我家里来对我训话。可笑的是我竟相信自己犯了滔天大罪，而且恭恭顺顺地当众自报罪行；可笑的是我也认为人权是资产阶级的东西，我们“牛鬼蛇神”没有资格享受它。但当时度日如年，哪有笑的心思？在那段时间里，我常常失眠，做怪梦，游地狱；在“牛棚”里走路不敢抬头，整天忍气吞声，痛骂自己。

十年中间情况有一些变化，我的生活状况也有变化。一反一复，时松时紧。但学习、批判会却是不会少的。还有所谓“游斗”，好些人享受过这种特殊待遇，我也是其中之一。当时只要得到我们单位的同意，别的单位都可以把我带去开会批斗。我起初很害怕给揪到新的单位去、颈项下面挂着牌子接受批判，我不愿意在生人面前出洋相。但是开了一次会，我听见的全是空话和假话，我的胆子自然而然地大了起来，我明白连讲话的人也不相信他们自己的话，何况听众？以后我也就不害怕了。用开会的形式推广空话、假话，不可能把什么人搞臭，只是扩大空话、假话的市场，鼓励人们互相欺骗。好像有个西方的什么宣传家说过：

假话讲了多少次就成了真话。根据我国古代的传说，“曾参杀人”，听见第三个人来报信，连他母亲也相信了谣言，有人随意编造谎言，流传出去，后来传到自己耳边，他居然信以为真。

我不想多提十年的浩劫，但是在那段黑暗的时期中我们染上了不少的坏习惯，“不讲真话”就是其中之一。在当时谁敢说这是“坏习惯”?！人们理直气壮地打着“维护真理”的招牌贩卖谎言。我经常有这样的感觉：在街上，在单位里，在会场内，人们全戴着假面具，我也一样。

到“四人帮”下台以后，我实在憋不住了，在《随想》中我大喊：

“人只有讲真话，才能够认真地活下去。”

我喊过了，我写过了两篇论“说真话”的文章。朋友们都鼓励我“说真话”。只有在这之后我才看出来：说真话并不容易，不说假话更加困难。我常常为此感到苦恼。有位朋友是有名的杂文家，他来信说：

> 对于自己过去信以为真的假话，我是不愿认账的，我劝你也不必为此折磨自己。至于有些违心之论，自己写时也很难过……我在回想，只怪我自己当时没有勇气，应当自劾。……今后谁能保证自己不再写这类文章呢？……我却不敢开支票。

我没有得到同意就引用他信里的话，应当请求原谅。但是我要说像他那样坦率地解剖自己，很值得我学习。我也一样，“当时没有勇气”，是不是今后就会有勇气呢？他坦白地说：“不敢开支票。”难道我就开得出支票吗？难道说了这样的老实话，就可以不折磨自己吗？我办不到，我想他也办不到。

任何事情都有始有终。混也好，拖也好，挨也好，总有结束的时候；说空话也好，说假话也好，也总有收场的一天，那么就由自己做起吧。折磨就是折磨嘛，对自己要求严格点，总不会有害处。我想起了吴天湘的一幅手迹，吴天湘是谌容小说中某个外国文学研究室的主任、一个改正的右派，他是唯一的在会上讲真话的人。他在发言的前夕，在一张宣纸上为自己写下两句座右铭：

愿听逆耳之言，
不作违心之论。

这是极普通的老话。拿它们作为我们奋斗的目标，会不会要求过高呢？我相信那位写杂文的老友会回答我："不高，不高。"

《真真假假》是《人到中年》作者的另一部好作品。她有说真话的勇气。在小说中我看到好些熟人，也看到了我自己。读完小说，我不能不掩卷深思。但是我思考的不是作品，不是文学，而是生活。我在想我们的过去、现在和未来。我想来想去，总离不开上面那两句座右铭。

难道我就开得出支票？我真想和杂文家打一次赌。

3 月 12 日

说真话之四

关于说真话，各人有各人的想法。有人说现在的确有要求讲真话的必要，也有人认为现在并不存在说真话的问题。我虽然几次大声疾呼，但我的意见不过是一家之言，我也只是以说真话为自己晚年奋斗的目标。

说真话不应当是艰难的事情。我所谓真话不是指真理，也不是指正确的话。自己想什么就讲什么；自己怎么想就怎么说——这就是说真话。你有什么想法，有什么意见，讲出来让大家了解你。倘使意见相同，那就在一起作进一步的研究；倘使意见不同，就进行认真讨论，探求一个是非。这样做有什么不好？

可能有不少的人已经这样做了，也可能有更多的人做不到这样。我只能讲我自己。在我知道话有真假之分的时候，我就开始对私塾老师、对父母不说真话。对父母我讲假话不多，因为他们不大管我，更难得打我。我父亲从未打过我，所以我常说他们对我是“无为而治”。他们对我亲切、关心而且信任。我至今还记得一件事情。有一年春节前不久，我和几个堂兄弟要求私塾老师提前两天放年假，老师对我父亲讲了。父亲告诉母亲，母亲就说：“老四不会在里头。”我刚刚走进房间，听见这句话连忙转身溜走了。母亲去世时我不满十岁，这是十岁以前的事。几十年来我经常想起它，这是对我最好的教育，比板子、鞭子强得多：不能辜负别人的信任。在十年浩劫中我感到最痛苦的就是自己辜负了读者们的信任。

对私塾老师我很少讲真话。因为一，他们经常用板子打学生；二，他们只要听他们爱听的话。你要听什么，我们就讲什么。编造假话容易讨老师喜欢，讨好老师容易得到表扬。对不懂事的孩子来说，这样混日子比较轻松愉快。我不断地探索讲假话的根源，根据个人的经验，假话就是从板子下面出来的。

近年来我在荧光屏上看到一些古装的地方戏，戏中常有县官审案，“大刑伺候”，不招就打，甚至使用酷刑。关于这个我也有个人的见闻。我六七岁时我父亲在广元县做县官，他在二堂审案，我有空就跑去“旁听”。我不站在显著的地方，他也不来干涉。他和戏里的官差不多，“犯人”不肯承认罪行，就喊“打”。有时一打“犯人”就招；有时打下去“犯人”大叫“冤枉”。板子分宽窄两种，称为“大板子”和“小板子”。此外父亲还用过一种刑罚，叫做“跪抬盒”，让“犯人”跪在抬盒里，膝下放一盘铁链，两手给拉直伸进两个平时放抬杆的洞里。这刑罚比打小板子厉害，“犯人”跪不到多久就杀猪似的叫起来。我不曾见父亲审过大案，因此他用刑不多。父亲就只做过两年县官，但这两年的经验使我终生厌恶体刑，不仅对体刑，对任何形式的压迫，都感到厌恶。古语说，屈打成招，酷刑之下有冤屈，那么压迫下面哪里会有真话？

奇怪的是有些人总喜欢相信压力，甚至迷信压力会产生真言，甚至不断地用压力去寻求真话。的确有这样的人，而且为数不少。我在十年浩劫中遇到的所谓造反派，大部分都是这样。他们的办法可比满清官僚高明多了。所以回顾我这一生，在这十年中我讲假话最多。讲假话是我自己的羞耻，即使是在说谎成为风气的时候我自己也有错误，但是逼着人讲假话的造反派应该负的责任更大。我脑子里至今深深印着几张造反派的面孔，那个时期我看见它们就感到“生理上的厌恶”（我当时对我爱人萧珊讲过几次），今天回想起来还要发恶心。我不明白在他们身上怎么会有那么多的封建官僚气味?！他们装模作样，虚张声势，唯恐学得不像，其实他们早已青出于蓝！封建官僚还只是用压力、用体刑求真言，而他们却是用压力、用体刑推广假话。“造反派”用起刑来的确有所谓“造反精神”。不过我得讲一句公道话，那十年中间并没有人对我用过体刑，我不曾挨过一记耳光，或者让人踢过一脚，只是别人受刑受辱的事我看得太多，事后常常想起旁听县官审案的往事。但我早已不是六七岁小孩，而且每天给逼着讲假话，不断地受侮辱受折磨，哪里还能从容思索，“忆苦思甜”?!

在那样的日子里我早已把真话丢到脑后，我想的只是自己要活下去，更要让家里的人活下去，于是下了决心，厚起脸皮大讲假话。有时我狠狠地在心里说：你们吞下去吧，你们要多少假话我就给你们多少。有时我受到了良心的责备，为自己的言行感到羞耻。有时我又因为避免了家破人亡的惨剧而原谅自己。结果萧珊还是受尽迫害忍辱死去。想委曲求全的人不会得到什么报酬，自己种的苦果只好留给自己吃。我不能欺骗我的下一代。我一边生活一边思考，逐渐看清了自己走的道路，也逐渐认清了“造反派”的真实面目。去奉贤文化系统五七干校劳动的前夕，我在走廊上旧书堆中找到一本居·堪皮（G. Campi）的汇注本《神曲》的《地狱篇》，好像发现了一件宝贝。书太厚了，我用一个薄薄的小练习本抄写了第一曲带在身边。在地里劳动的时候，在会场受批斗的时候，我默诵但丁的诗句，我以为自己是在地狱里受考验。但丁的诗给了我很大的勇气。读读《地狱篇》，想想“造反派”，我觉得日子好过多了。

我一本一本地抄下去，还不曾抄完第九曲就离开了干校，因为萧珊在家中病危。……

“四人帮”终于下台了。他们垮得这样快，我没有想到。这是一个很好的教训。沙上建筑的楼台不会牢固，建筑在谎言上面的权势也不会长久。爱听假话和爱说假话的人都受到了惩罚，我也没有逃掉。

4月2日

未来（说真话之五）

客人来访，闲谈中我说明自己的主张："鼓舞人前进的是希望，而不是失望。"客人就说："那么我们是不是把一切不愉快的事情都深深埋葬，多谈谈美满的未来?!"

于是我们畅谈美满的未来，谈了一个晚上。客人告辞，我回到寝室，一进门便看见壁炉架上萧珊的照片，她的骨灰盒在床前五斗柜上面。它们告诉我曾经发生过的那些不愉快的事情。

萧珊逝世整整十年了。说真话，我想到她的时候并不多，但要我忘记我在《怀念萧珊》中讲过的那些事，恐怕也难办到。有人以为做一两次报告，做一点思想工作，就可以使人忘记一些事情，我不大相信。我记得南宋诗人陆游的几首诗，《钗头凤》的故事知道的人很多，诗人在四十年以后"犹吊遗踪一泫然"，而且想起了四十三年前的往事，还要"断肠"。那么我偶尔怀念亡妻写短文说断肠之情，也是可以理解的吧。我不是在散布失望的情绪，我的文章不是"伤痕文学"。也没有人说陆游的诗是"伤痕文学"。陆游不但有伤痕，而且他的伤痕一直在流血，他有一些好诗就是用这血写成的。七百多年以后，我在法国一位学哲学的中国同学那里读了这些诗[①]，过了五十几年还没有忘记，不用翻书就可以默写出来。我默念这些诗，诗人的痛苦和悲伤打动我

① 当时（1927—1928）我和哲学家住在沙多—吉里拉·封登中学食堂楼上两间邻接的屋子里，他每晚朗读陆游的诗。我听见他"吟诵"，遇到自己喜欢的诗，就记在了心里。

的心，我难过，我同情，我思索，但是我从未感到绝望或者失望。人们的幸福生活给破坏了，就应当保卫它。看见人们受苦，就会感到助人为乐。生活的安排不合理，就要改变它。看够了人间的苦难，我更加热爱生活，热爱光明。从伤痕里滴下来的血一直是给我点燃希望的火种。通过我长期的生活经验和创作实践，我认为即使不写满园春色的美景，也能鼓舞人心；反过来说，纵然成天大做一切都好的美梦，也产生不了良好的效果。

据我看，最好是讲真话。有病治病；无病就不要吃药。

要谈未来，当然可以。谈美满的未来，也可以。把未来设想得十分美满，谁也干涉不了，因为每个人都有未来，而且都可以为自己的未来作各种的努力。未来就像一件有可塑性的东西，可以由自己努力把它塑成不同的形状。当然这也不那么容易。不过努力总会产生效果，好的方面的努力就有可能产生好的效果。产生希望的是努力，是向上、向前的努力，而不是豪言壮语。

客人不同意我这种“说法”。他说：“多讲些豪言壮语有什么不好？至少可以鼓舞士气嘛。”

我听过数不清的豪言壮语，我看过数不清的万紫千红的图画。初听初看时我感到精神振奋，可是多了，久了，我也就无动于衷了。我看，别人也是如此。谁也不希罕不兑现的支票。我不久前编自己的选集，翻看了大部分的旧作，使我感到惊奇的是从一九五〇到一九六六年十六年中间，我也写了那么多的豪言壮语，我也绘了那么多的美丽图画，可是它们却迎来十年的浩劫，弄得我遍体鳞伤。我更加惊奇的是大家都在豪言壮语和万紫千红中生活过来，怎么那么多的人一夜之间就由人变为兽，抓住自己的同胞“食肉寝皮”。我不明白，但是我想把问题弄清楚。最近遇见几位朋友，谈起来他们都显得惊惶不安，承认“心有余悸”。不能怪他们，给蛇咬伤的人看见绳子会心惊肉跳。难道我就没有恐惧？我在《随想录》中不断地提出问题，发表意见，正因为我有恐惧。不用说大家都不愿意看见十年的悲剧再次上演，但是不弄清楚它的来龙去脉，不把它的来路堵死，单靠念念咒语，签发支票，谁也保证不了已经发生过的事不再发生。难道对于我们的未来中可能存在的这个阴影就可以撒手不管？我既然害怕见到第二次的兽性大发作，那么为什么要把自己的恐惧埋葬在心底？为什么不敢把心里话老实地讲出来？

埋葬！忘记！有一个短时期我的确想忘记十年的悲剧，但是偏偏忘记不了，即使求神念咒，也不管用。于是我又念起陆游的诗。像陆游那样朝夕盼望“王师北定中原”的爱国大诗人，对于奉母命离婚的“凡人小事”一辈子也不曾忘记，那么对于长达十年使几亿人受害的大灾难，谁又能够轻易忘记呢？

不忘记浩劫，不是为了折磨别人，而是为了保护自己，为了保护我们的下一代。保护下一代，人人有责任。保护自己呢，我经不起更大的折腾了。过去我常想保护自己，却不理解“保护”的意义。保护自己并非所谓明哲保身，见风转舵。保护自己应当是严格要求自己，面对现实，认真思考。不要把真话隐藏起来，随风向变来变去，变得连自己的面目也认不清楚，我这个惨痛的教训是够大的了。

十年的灾难，给我留下一身的伤痕。不管我如何衰老，这创伤至今还像一根鞭子鞭策我带着分明的爱憎奔赴未来。纵然是年近八旬的老人，我也还有未来，而且我还有雄心壮志塑造自己的未来。望梅止渴、画饼充饥的年代早已过去，人们要听的是真话。我是一个什么样的人？是不是想说真话？是不是敢说真话？无论如何，我不能躲避读者们的炯炯目光。

4 月 14 日

“人言可畏”

一年来我几次在家里接待来访的外国朋友，谈到我国文学界的现状，我说，这几年发展快，成绩不小，出现了许多好作品，涌现了一批有才华、有见识、有胆量的中青年作家，其中女作家为数不少。

外国朋友同意我的看法。最近来的一位瑞典诗人告诉我，他会见了几位女作家，还读过中篇小说《人到中年》。

我说的是真话，我真是这样想的。评论一篇小说，各人有各人的尺度。我说一篇作品写得好，因为它真实地反映了我们时代的生活，因为它打动了我的心，使我更深切地感觉到我和同胞们的血肉相连的关系，使我更加热爱我们这个多灾多难的国家和善良、勤劳的人民。我读了好的作品，总觉得身上多了一股暖流和一种力量，渴望为别人多做一点事情。好的作品用作者的纯真的心，把人们引向崇高的理想。所以我谈起那些作品和作者，总是流露出感激之情。

一年来我在家养病，偶尔也出外开会，会见过几位有成就的女作家。论成就当然有大有小，而我所谓的成就不过是指她们的作品在我身上产生了感激之情。她们不是几个人一起来找我的，有的还是我意外地遇见的，交谈起来她们都提出一个问题：“你过去做作家是不是也遇到这样多的阻力，这样多的困难？”

问话人不是在做“作家生活的调查”，也不是在为作家深入生活搜集资料，她们是用痛苦的语调发问的。我觉得她们好像在用尽力气要冲出层层的包围圈似的。我知道事情比我想象的更严重，但是我想也不会有什么大不了的事情，我只是简单地安慰她们说："不要紧，我挨了一辈子的骂，还是活到现在。"我就这样地分别回答了两个人。我当时还认为自己答得对，可是过了不多久，我静下来多想一想，就明白我把事情看得太简单了。于是我的眼前出现了沉静的、布满哀愁的女性的面颜。我记起来了，一位作家两次找我谈话，我约定了时间，可是我的房里坐满了不速之客，她什么话也没有讲。我后来才知道她处在困境中，想从我这里得到一点鼓励和支持，我却用几句空话把她打发走了。

我责备自己，我没有给需要帮助的人以助力，没有做任何努力支持她摆脱困境。我太天真了，我以为像她这样一个有才华、有见识、有成就的作家一定会得到社会的爱护。可是几个月中各种各样的流言一次一次地传到我的耳里，像粗糙的石块摩擦着我的神经，我才理解那几位女作家提过的问题。那么多的叽叽喳喳！那么多的哗哩哗啦！连我这个关心文学事业的人都受不了，何况那几位当事人?!

三十年代我只能靠个人奋斗和朋友关心活下去的日子里，一位有才华、有成就的电影女明星因为"人言可畏"自杀了。但是在个人奋斗受到普遍批判的今天，怎么还有那么多的"人言"?而"人言"又是那么"可畏"?

文明社会应当爱惜它的人才，应当爱护它的作家。如果没有丰富的文化积累，如果拿不出优秀的现代文艺作品，单靠大量的出土文物，也不能说明我们的精神文明。建设社会主义的精神文明必须跟一切带封建性的东西划清界限。那么对那些无头无根的"人言"，即使它们来势很猛，也可以采取蔑视的态度，置之不理吧。五六十年来我就是这样应付过去的。甚至在"四人帮"垮台以后，我还成为"人言"的箭靶，起先说我结婚大宴宾客，宣传了将近两年；最近又说我"病危"，害得一位老友到了上海还要先打听我家里有无“异状”。我总是要“病危”的，不过现在还不是时候，我手边还有未完的工作。

我感到遗憾的是我不能说服那位女作家，使她接受我的劝告。她带着沉重的精神负担去南方疗养，听说又在那里病倒了。我不熟悉她的情况，我还错怪她不够坚强。最近读了她的小说《方舟》，我对她的处境才有了较深的理解。有人说：“我们的社会竟然是这样的吗？”可是我所生活于其中的复杂的社会里的确有很多封建性的东西，我可以举出许多事实来说明小说结尾的一句话：“做一个女人，真难！”

但是这种情况决不会长期存在下去。《方舟》作者所期待的真正的男女平等一定会成为现实。我祝愿她早日恢复健康，拿出更大的勇气，为读者写出更好的作品。

5 月 16 日

知识分子

去年年底我为《寒夜》——挪威文译本写了如下的序言：

我知道我的小说《寒夜》已经被译成挪威文，友人叶君健问我是否愿意为这个新译本写序，我当然愿意。

《寒夜》脱稿于一九四六年的最后一天。一九六〇年冬天在成都校阅自己的《文集》时，我又把全书修改了一遍。一个多月前我新编自己的《选集》（十卷本），又一次读了全文，我仍然像三十五年前那样激动。我不能不想到自己过去常说的一句话："我写文章如同在生活。"我仿佛又回到一九四五年的重庆了。

我当时就住在主人公汪文宣居住的地方——民国路上一座破破烂烂的炸后修复的"大楼"。我四周的建筑物、街道、人同市声就和小说中的一样。那些年我经常兼做校对的工作，不过我靠稿费生活，比汪文宣的情况好一些。汪文宣的身上有我的影子，我写汪文宣的时候也放进了一些自己的东西。最近三四年来我几次对人说，要是我没有走上文学道路（我由于偶然的机会成了作家），我很可能得到汪文宣那样的结局。我的一个哥哥和几个朋友都死于肺结核病，我不少的熟人都过着相当悲惨的生活。在战时的重庆和其他所谓"大后方"，知识分子的生活都是十分艰苦的。小说里的描写并没有一点夸张。我要写真实，而且也只能写真实。我心中充满悲愤。我不想为自己增添荣誉，我要为受难人鸣冤叫屈。我说，我要控诉。的确，对不合理的社会制度我提出了控诉(J’accuse)。我不是在鞭挞这个忠厚老实、逆来顺受的读书人，我是在控诉那个一天天烂下去的使善良人受苦的制度，那个“斯文扫地”的社会。写完了《寒夜》，我有一种轻松的感觉，我把蒋介石国民党的统治彻底地否定了。

关于《寒夜》，过去有两种说法：一说是悲观绝望的书；一说是充满希望的书，我自己以前也拿不定主意，可以说是常常跟着评论家走。现在我头脑清醒多了。我要说它是一本充满希望的书，因为旧的灭亡，新的诞生；黑暗过去，黎明到来。究竟怎样，挪威的读者会作出自己的判断……

我很高兴挪威的读者通过我的小说接触到我国旧知识分子正直善良的心灵，了解他们过去艰苦的生活和所走过的艰难曲折的道路。互相了解是增进人民友谊的最好手段，倘使我的小说能够在这方面起一些作用，那我就十分满意了。

1981 年 2 月 30 日

序言写到这里为止，想说的话本来很多，但在一篇序文里也没有说尽的必要，留点余地让读者自己想想也是好的。

那些年我不止一次地替知识分子讲话。在一九四三年写的《火》第三部里面，我就替大学教授打过抱不平。小说里有这样一段话：“现在做个教授也实在太苦了，靠那点薪水养活一家人，连饭也吃不饱，哪里还有精神做学问？我们刚才碰见历史系的高君允提个篮子在买菜，脸黄肌瘦，加上一身破西装，真像上海的小瘪三。”昆明的大学生背后这样地议论他们的老师，这是当时的实际情况。学生看不起老师，因为他们会跑单帮，做生意，囤积居奇，赚大钱，老师都是些书呆子，不会做这种事。在那个社会知识无用，金钱万能，许多人做着发财的美梦，心地善良的人不容易得到温饱。钱可以赚来更多的钱，书却常常给人带来不幸。在《寒夜》中我写了四十年代前半期重庆的一些事情。当时即使是不大不小的文官，只要没有实权，靠正当收入过日子，也谈不到舒适。我有几个朋友在国民党的行政院当参事或者其他机关担任类似的职务或名义，几个人合租了一座危楼（前院炸掉了，剩下后院一座楼房）。我住在郊外，有时进城过夜，就住在他们那里，楼房的底层也受到炸弹的损害，他们全住在楼上。我在那里吃过一顿饭，吃的平价米还是靠他们的“特权”买来的，售价低，可是稗子、沙子不少，吃起来难下咽。这些贩卖知识、给别人用来装饰门面的官僚不能跟握枪杆子的官相比，更不能跟掌握实权的大官相比，他们也只是勉强活下去，不会受冻挨饿罢了。

那几年在抗战的大后方，我见到的、感受到的就是这样：知识分子受苦，知识受到轻视。人越善良，越是受欺负，生活也越苦。人有见识、有是非观念，不肯随波逐流，会处处受歧视。爱说真话常常被认为喜欢发牢骚，更容易受排挤，遭冷落。在那样的社会里我能够活下去，因为（一）我拼命写作，（二）我到四十岁才结婚，没有家庭的拖累。结婚时我们不曾请一桌客，买一件家具，婚后只好在朋友家借住，在出版社吃饭。没有人讥笑我们寒伧，反正社会瞧不起我们，让我们自生自灭，好像它不需要我们一样。幸而我并不看轻自己，我坚持奋斗。我也不看轻知识，我不断地积累知识。我用知识作武器在旧社会进行斗争。有一段长时期汪文宣那样的命运像一团黑影一直在我的头上盘旋。我没有屈服。我写《寒夜》，也是在进行斗争，我为着自己的生存在挣扎。我并没有把握取得胜利，但是我知道要是松一口气放弃了斗争，我就会落进黑暗的深渊。说句心里话，写了这本小说，我首先挽救了自己。轻视文化、轻视知识的旧社会终于结束了，我却活到现在，见到了光明。

在三十年代我也写过一些关于中国知识分子不幸遭遇的短篇，如《爱的十字架》、《春雨》等。但是我还写过批判、鞭挞知识分子的小说如《知识阶级》、《沉落》，就只这两篇，目标都是对准当时北平的准备做官的少数教授们。我写《沉落》，是在一九三四年十月，把稿子交给河清（即黄源，他帮助郑振铎和傅东华编辑《文学》月刊）后不久，我就到日本去了。我的一个好朋友读了我的小说很生气，从北平写长信来批评我。他严厉地责问我：写文章难道是为着泄气（发泄气愤）?！我把他的劝告原封退还，在横滨写了一篇散文答复他，散文的标题也是《沉落》。在文章里我说，我“所攻击的是一种倾向，一种风气：这风气，这倾向正是把我们民族推到深渊里去的努力之一”。但是我不曾说明，小说中的那位教授是有所指的，指一位当时北平知识界的“领袖人物”。我并未揭发他的“隐私”，小说中也没有什么“影射”的情节，我只是把他作为“一种倾向、一种风气”的代表人物来批判，进一番劝告。他本人当然听不进我这种劝告。我那位好友也不会被我说服。我记得我们还通过长信进行辩论，谁也不肯认输。不过这辩论并没有损害我们之间的友谊。后来我的小说给编进集子在读者中间继续流传，朋友对我也采取了宽大的态度。至于小说中的主人公，他继续“沉落”下去。不过几年他做了汉奸。再过几年，他被判刑、坐牢。我曾经喜欢过他的散文，搜集了不少他的集子，其中一部分还保存在我的书橱里。但是对于我他只是黑暗深渊里的一个鬼魂。我常常想，人为什么要这样糟蹋自己?！但“沉落”下去的毕竟是极少数的人。

这“沉落”的路当然不会是中国知识分子的道路！经过了八年的抗战，我们可以说中国知识分子是经受得住这血和火的考验的。即使是可怜的小人物汪文宣吧，他受尽了那么难熬的痛苦，也不曾出卖灵魂。

关于中国知识分子，以后有机会我还想谈一谈，现在用不着多讲了。

中国人民永远忘记不了闻一多教授。

6 月 5 日

再说知识分子

一

近年来到处都在议论“知识分子”，好像人们意外地发现了什么新奇的东西似的。不少人替知识分子讲好话，也有人对他们仍然不满。但总的说来，过去所谓的“臭老九”似乎一下子又吃香了。总之，一片“尊重知识”声。不过向来瞧不起知识分子的人多数还是坚持己见，“翘尾巴”论就是从他们嘴里嚷出来的。“知识分子政策”到今天还不能完全“落实”，也就是由于这类人从中作梗。他们说：“为什么要这样尊重知识分子？我想不通。”但我看道理也很简单，“要使用知识分子嘛”。我要你替我卖命，就得对你客气点，做个笑脸，说两句好话，让你心甘情愿，鞠躬尽瘁，死而后已。不是有好些先进的知识分子、优秀的科学家在困难条件下辛勤工作，患了病不休息，反而加倍努力，宁愿早日献出生命，成为我们大家学习的榜样吗？这样的知识分子在别的国家中也很少见，你要他们出力卖命，为什么不该尊重他们？但是“翘尾巴”论者却又有不同的看法：“要他们卖命还不容易！拿根鞭子在背后抽嘛！”“四人帮”就是这样做过的。结果呢，肯卖命的人都给折磨死了。不要知识，不要科学，大家只好在苦中作乐，以穷为光荣。自己不懂，也不让别人懂，指手画脚，乱发指示，坚持外行领导内行，无非要大家都变成外行。威风凛凛，杀气腾腾，整了别人，也整到自己。这样一来，知识真的成了罪恶。运动一个接着一个，矛头都是对准知识分子。“文革”期间批斗难熬，我感到前途茫茫的时候，也曾多次想起秦始皇的焚书坑儒，清朝皇帝的文字大狱，希特勒“元首”的个人迷信等等，等等。这不都是拿知识分子做枪靶子吗？那些人就是害怕知识分子的这一点点“知识”，担心他们不听话，惟恐他们兴妖作怪，总是挖空心思对付他们，而且一代比一代厉害。奇怪的是到了我的身上，我还把知识当做草原上的草一样想用野火烧尽它们。人们这样说，我也这样相信，哪怕只有那么一点点“知识”，我也必须把属于知识分子的这些“毒草”烧尽铲绝，才能得到改造，做一个有用的人。几十年中间，我的时间和精力完全消耗在血和火的考验上，最后差一点死在“四人帮”的毒手上。当时我真愿意早一天脱胎换骨，完成改造的大业，摘去知识分子的小帽。我本来“知识”有限，一身瘦骨在一次又一次的运动大油锅里熬来熬去，什么“知识”都熬光了，可是却给我换上一顶“反革命”的大帽，让我做了整整十年的“人下人”、任人随意打骂的“人下人”。罪名仍然是：我有那么一点点“知识”。

我还在痴心妄想通过苦行改造自己，我还在等待从一个大运动中受到“洗心革面”的再教育。我有时甚至希望做一个不会醒来的大梦。但是我终于明白，把那么一大段时间花费在戴帽、摘帽上面，实在是很可悲的事情。光阴似箭，我绕了数不清的大弯，然后又好像回到了原处。可是我也用不着再为这顶知识分子的帽子麻烦了。我就只有在油锅里熬剩下来的那一点点油渣，你用鞭子抽也好，开会批判也好，用大道理指引也好，用好听的话鼓励也好，我总要交出它们，我总要走完我的路。我生长在中国，我的一切都属于中国人民。为自己，这样生活下去，我已经心安理得了。

二

我长期生活在知识分子中间，我写过不少作品替知识分子讲话，为他们鸣冤叫屈，写他们的艰苦生活，写他们的善良心灵，写他们的悲惨命运。我不是写一本书，写一篇文章，我写了几十年，我写“斯文扫地”的社会，在其中知识分子受罪，知识受到践踏，金钱是唯一发光的宝物。在那个社会里，“秦始皇”、“清朝皇帝”、“希特勒”一类的鬼魂经常出现，知识分子是给踏在他们脚下的贱民。谁不曾胆战心惊地度过那些漫长的、可怕的“寒夜”！黑暗过去，新中国成立，知识分子用多么欢快的心情迎接灿烂的黎明，这是可以想象得到的。新的生活开始了。三十几年来他们的欢乐和愁苦也是有目共睹的。大家都知道现在有了好的政策，更盼望认真落实，痛痛快快，不打折扣，也不拖泥带水，更不必留下什么尾巴，不让人有使用鞭子的机会。拿鞭子抽人不是新社会的现象，我们的社会也不会有甘愿挨打的“人下人”了。

知识分子也是新中国的公民，把他们当做平等的公民看待，这才是公平合理。国家属于全体公民，有知识或者没有知识，同样有一份义务和一份权利，谁也不能把别人当做待价而沽的货物，谁也不是命运给捏在别人手里的奴隶。我读过屠格涅夫的《猎人笔记》，我也读过《汤姆叔叔的小屋》。倘使有人把某一个时期我们知识分子的生活如实地写出来，一定会引起无数读者同情的眼泪，唤起他们愤怒的抗议吧。但是这样的时期早已一去不复返了。根据知识划分公民的等级，并不是聪明的事。用恩赐的优惠待遇也收买不了人心。我们说肝胆相照，应该是互相尊重，平等相待。我为你创造并保证工作和生活的条件，你毫无保留地献出自己的聪明才智，都是为了我们的国家和人民，大家同样地心情舒畅，什么事都好办了。谁也用不着再为香臭的问题操心了。

9月10日病中

人道主义

一位在晚报社工作的朋友最近给我寄来邓朴方在中国残疾人福利基金会全体工作人员会议上的讲话。这篇讲话发表在《三月风》杂志上，我看到的是《人民日报》转载的全文。朋友在第二节的小标题上打了两个圈，他在信里写道："您大概不会把人道主义看做洪水猛兽吧。"原来这一节的小标题是《我们的事业是人道主义的事业》。讲话并不长，特别是第二节留给我深刻的印象：讲得好！

关于人道主义，我也有我的经验。1979 年 5 月我访问巴黎回来，在北京作家协会朋友们的一次小型宴会上，闲谈间，我说："讲一点人道主义也有好处，至少不虐待俘虏嘛！在'文化大革命'期间有些人无缘无故把人打死，只是为了'打坏人'。现在知道打死了不少好人，可是已经晚了。"没有想到席上一位同志接口说："资产阶级也不讲人道主义，他们虐待黑人。美国 X X 影片上不是揭露了他们的那种暴行吗？"这虽然不是原话，但大意不会错。影片我没有看过，因此连名字也忘记了，只记得那个时候正在上演这部影片。

这位同志板起面孔这样一说，我不愿意得罪他，就不再谈人道主义了。但他的话并没有动摇我的看法。我已经听惯了这种"官腔"。我知道在"文革"时期什么事都得跟资产阶级"对着干"。资产阶级曾经用"人道主义"反对宗教、封建的统治，用"人权"反对神权和王权，那么是不是我们也要反其道而行之，用兽道主义来反对人道主义呢？不！当然不会！在十载“文革”中我看够了兽性的大发作，我不能不经常思考造反派怎样成为“吃人”的“虎狼”。我身受其害，有权控诉，也有权探索，因为“文革”留下的后遗症今天还在蚕蚀我的生命。我要看清人兽转化的道路，不过是怕见这种超级大马戏的重演，换句话说，我不愿意再进“牛棚”。我一定要弄清楚这个问题，即使口里不说，心里也不会不想，有时半夜从噩梦中惊醒，眼前也会出现人吃人的可怕场面，使我不得不苦苦思索。

我终于从那位同志的话中找到一线亮光：问题大概就在于人道主义吧。为什么有的人那样害怕人道主义？……

我又想起了一件事情。1966 年我作为审查对象在作家协会上海分会的厨房里劳动，一个从外面来的初中学生拿一根鞭子抽打我，要我把他带到我家里去。我知道要是我听他的话，全家就会大祸临头。他鞭打，我不能反抗（不准反抗!），只有拼命奔逃。他并不知道我是干什么的，只听人说我是“坏人”，就不把我当人看待。他追我逃，进进出出，的确是一场绝望的挣扎！我当时非常狼狈，只是盼望那个孩子对我讲点人道主义。幸而在这紧急关头作协分会的造反派出现了。他们来拉我到大厅去，那里有不少外地串连来的学生等待“牛鬼们”去“自报罪行”。那位拿鞭子的中学生只好另找别的“坏人”去了。我还记得他恶狠狠地对造反派说：“对这些坏人就是不能讲人道!”

像这样的事我还遇见不少次，像这类的话我也听见不少次。因此在十年“浩劫”中我就保留着这样一个印象：只有拿鞭子的人才有权谈人道主义，对挨鞭子的人是“不能讲人道主义”的。我常常暗暗地问自己：那么对我们这些挨鞭子的人就只能讲兽道主义吗？我很想知道这兽道主义是从哪里来的。……

前些时候全国出现了一股“人道主义热”，我抱病跟着大家学习了一阵子，不过我是自学，而且怀着解决实际问题的目的去学。我的问题始终是：那些单纯的十四五岁的中学生和所谓的“革命左派”怎么一下子会变成嗜血的“虎狼”？那股热很快就过去了，可是答案还不知在什么地方。即使有人引经据典也涂抹不掉我耳闻目睹的事实。杨沫同志在日记里记录的“1966年8月23日”①，明明发生在我们伟大的民族中间，我虽然年迈体弱，记忆力衰退，可是我至今没有忘记那些在“浩劫”中被残害致死的友人的音容笑貌。那些杰出作家的名字将永远活在读者的心中：老舍，赵树理，杨朔，叶以群，海默……和别的许许多多。他们本来还可以为我国人民继续创造精神财富，但是都给不明不白地赶上了死路。多么大的损失！这是因为什么？

究竟是因为什么？……

在邓朴方同志的讲话中我找到了回答：

> 我们一些同志对资产阶级人道主义的批判，往往不是站在马克思列宁主义的立场、观点上，而是站在封建主义的立场上去批判的。即使口头不这样说，实际上也是受封建主义思想影响的。“文化大革命”搞的就是以“大民主”为先导的封建关系，是宗教狂热，大量的非人道的残酷行为就是在那时产生的……

他讲得非常明白，产生大量非人道的残酷行为的是什么？就是披着“左”的外衣的宗教狂热。那么人兽转化的道路也就是披上“革命”外衣的封建主义的道路了。所以时机一到，一声号令，一霎时满街都是“虎狼”，哪里还有人敢讲人道主义？哪里还肯让人讲人道主义？

人兽转化的道路必须堵死！十年“文革”的血腥的回忆也应

---

① 指老舍等人被斗、挨打的真实场面，这次反人道主义的批斗导致了伟大作家老舍的死亡。

该使我们的头脑清醒了。

1984 年 12 月 20 日

“样板戏”

好些年不听“样板戏”，我好像也忘了它们。可是春节期间意外地听见人清唱“样板戏”，不止是一段两段，我有一种毛骨悚然的感觉。我接连做了几天的噩梦，这种梦在某一个时期我非常熟悉，它同“样板戏”似乎有密切的关系。对我来说这两者是连在一起的。我怕噩梦，因此我也怕“样板戏”。现在我才知道“样板戏”在我的心上烙下的火印是抹不掉的。从烙印上产生了一个一个的噩梦。

我还记得过去学习“样板戏”的情景。请不要发笑，我不是说我学过唱“样板戏”，那不可能！我没有唱任何角色的嗓子。我是把“样板戏”当做正式的革命文件来学习的，而且不是我自己要学，是“造反派”指定、安排我们学习的。在那些日子里全国各省市报刊都在同一天用整版整版的篇幅刊登“样板戏”。他们这样全文发表一部“样板戏”，我们就得至少学习一次。“革命群众”怎样学习“样板戏”我不清楚，我只记得我们被称为“牛鬼”的人的学习，也无非是拿着当天报纸发言，先把“戏”大捧一通，又把大抓“样板戏”的“旗手”大捧一通，然后把自己大骂一通，还得表示下定决心改造自己，重新做人，最后是主持学习的革命左派把我痛骂一通。今天在我眼前，在我脑中仍然十分鲜明的便是一九六九年深秋的那一次学习。那次，下乡参加“三秋”劳动，本来说是任务完成回城市，谁知林彪就在那时发布了他的“一号命令”，我们只好留在农村。其实不仅我们，当时连

“革命群众”也没有居住自由的“人权”，他们有的就是那几本“样板戏”，虽然经过“革命旗手”大抓特抓，调动一切艺术手段尽量拔高，到“四人帮”下台的时候也不过留下八本“三突出”创作方法的结晶。它们的确为“四人帮”登上宝座制造过舆论，而且是大造特造，很有成效，因此也不得不跟着“四人帮”一起下了台。那一次我们学习的戏是《智取威虎山》，由一位左派诗人主持学习，参加学习的“牛鬼”并不多，因为有一部分已经返家取衣物，他们明天回到乡下，我们第二批“休假”的就搭他们回来的卡车去上海。离家一个多月了，我没有长期留在农村的思想准备，很想念家，即使回去两三天，也感到莫大的幸福。就在动身的前一天还给逼着去骂自己，去歌颂“革命旗手”，去歌颂用“三突出”手法塑造出来的英雄人物。本来以为我只要编造几句便可以应付过去，谁知偏偏遇着那位青年诗人，他揪住我不放，一定要我承认自己坚决“反党、反社会主义”。过去有一段时间我被分配到他的班组学习，我受到他的辱骂，这不是第一次，看到他的表情，听见他的声音，我今天还感到恶心。他那天得意地对我狞笑，仿佛自己就是“盖世英雄”杨子荣。我埋着头不看他，心里想：什么英雄！明明是给“四人帮”鸣锣开道的大骗子，可是口头上照常吹捧“样板戏”和制造它的“革命旗手”。

我讲话向来有点结结巴巴，现在净讲些歌功颂德的违心之论，反而使我显得从容自然，好像人摆地摊倾销廉价货物一样，毫无顾忌地高声叫卖，我一点也不感觉惭愧，只想早点把货销光回房休息，但愿不要发生事故得罪诗人，我明天才可以顺利返家。虽然挨了诗人不少的训斥，我终于平安地过了这一天的学习关。只有回到我们的房间里，在一根长板凳上坐下来疲乏地吐了一口气之后，我才觉得心上隐隐发痛，痛得不太厉害，可是时时在痛，而且我还把痛带回上海，让它破坏了我同萧珊短暂相聚的幸福。“样板戏”的权威就是这样建立起来的。在我的梦里那些

“三突出”的英雄常常带着狞笑用两只大手掐我的咽喉，我拼命挣扎，大声叫喊，有一次在干校我从床上滚下来撞伤额角，有一次在家中我挥手打碎了床前的小台灯，我经常给吓得在梦中惨叫，造反派说我“心中有鬼”，这倒是真话。但是我不敢当面承认，鬼就是那些以杨子荣自命的造反英雄。

今天在这里回忆自己扮演过的那些丑剧，我仍然感到脸红，感到痛心。在大唱“样板戏”的年代里，我受过多少奇耻大辱，自己并未忘记。我决不像有些人过去遭受冤屈，现在就想狠狠地捞回一把，补偿损失。但是我总要弄清是非，不能继续让人摆布。正是因为我们的脑子里装满了封建垃圾，所以一喊口号就叫出“万岁，万岁，万万岁！”难道今后我们还要用“三结合”、“三突出”等等创作方法塑造英雄人物吗？难道今后我们还要你一言、我一语、你献一策、我出一计，通过所谓“千锤百炼”，产生一部一部的样板文艺作品吗？

据我看“四人帮”把“样板戏”当做革命文件来学习，绝非因为“样板戏”是给江青霸占了的别人的艺术果实。谁不知道“四人帮”横行十年就靠这些“样板戏”替它们做宣传，大树它们的革命权威！我也曾崇拜过“高、大、全”的英雄李玉和、洪常青……可是后来就知道这种用一片一片金叶贴起来的大神是多么虚假，大家不是看够了“李玉和”、“洪常青”们在舞台下的表演吗？

当然对“样板戏”各人有各人的看法。似乎并没有人禁止过这些戏的上演。不论是演员或者是听众，你喜欢唱几句，你有你的自由。但是我也要提高警惕，也许是我的过虑，我真害怕一九六六年的惨剧重上舞台。时光流逝得真快，二十年过去了。“过了二十年又是一个……”阿Q的话我们不能轻易忘记啊！

5月28日

要不要制定“文艺法”？

我国的宪法规定“公民有进行科学研究、文学艺术创作和其他文化活动的自由。”这所谓“自由”绝不是空话。这里说得很明白，一个人从事文艺创作活动，只要他不触犯刑法或者其他法律，就不应该受到干涉。宪法上并没有规定还有一种拿着棍子和帽子的人可以自由干涉别人的文艺创作活动，可以随便给人扣帽子，向人打棍子。然而有人说是不是还要制定一种“文艺法”，他并非在开玩笑，他实在是胆战心惊，因为拿棍子的人就在近旁，他们并不躲躲藏藏，却若隐若现，有时甚至故意让你看见，在这些人的脑子里，宪法是不存在的，他们对待第一个宪法和第二个宪法有了丰富的经验，他们只是在等待时机。所以说话的人真正希望刑法之外还有一种“文艺法”，上面说得明明白白：写什么主题，怎样写法，如何开头，如何结束，哪一种人可以做反面人物；正面人物应当属于哪一种人等等，等等。这样一来文艺工作者就可以“安全生产”，避免事故了。

这种想法似乎很妙。其实一点也不妙。首先不会有人出来制定什么“文艺法”。其次即使有了“文艺法”，它也不会像安全帽那样保护工作的人。我还记得“四害”横行的时候，因为有人说“文艺工作危险”，就大批“文艺工作危险论”。“四人帮”及其爪牙大批“文艺工作危险论”的同时，又大整文艺工作者。凡是在文艺工作上有一点成绩的人都挨过整，受过迫害，有的给弄得身败名裂、妻离子散，有的给搞得骨灰盒中只有一枝金笔或者一副眼镜。总不能说这不是一场百年难逢的浩劫吧？

现在形势大好。不过所谓“大好”也有不同的看法和不同的解释。我们是在一面医治创伤、一面奋勇前进的时候，我们应当鼓足干劲，充满信心，但是绝不能够自我陶醉，忘记昨天。我们还得及时给身上的伤口敷药。还要设法排除背后荆棘丛中散发出来的恶臭。有人大言不惭地说“现代的中国人并无失学、失业之忧，也无无衣无食之虑，日不怕盗贼执杖行凶，夜不怕黑布蒙面的大汉轻轻叩门”，这种白日做梦信口开河的做法是不会变出“当今世界上如此美好的社会主义……”来的。

然而在今年六月号的《河北文艺》上就出现了这样的话。文章的题目是：《“歌德”与“缺德”》。用意无非是拿起棍子打人。难道作者真以为“社会主义”就是靠吹牛吹出来的吗？不会吧。“四人帮”吹牛整整吹了十年，把中国国民经济吹到了崩溃的边缘，难道那位作者就看不见，就不明白？

那位作者当然不是傻瓜。他有他的想法。就有这么一伙人。有的公开地发表文章，有的在角落里吱吱喳喳，有的在背后放暗箭伤人，有的打小报告告状。他们就是看不惯“文学艺术创作的自由”，他们就是要干涉这种“自由”。宪法不在他们的眼里。其他的法律更不在他们的眼里。

那些给蛇咬过、见了绳子也害怕的人最好不要再搞文艺创作，你们希望有一个“文艺法”来保护自己。有人就是不满意宪法给你们的这种权利，你们怎么办？

道理非常简单：要维护自己的合法权利，也必须经过斗争。

8 月 5 日

“文革”博物馆

前些时候我在《随想录》里记下了同朋友的谈话，我说“最好建立一个‘文革’博物馆”。我并没有完备的计划，也不曾经过周密的考虑，但是我有一个坚定的信念：这是应当做的事情，建立“文革”博物馆，每个中国人都有责任。

我只说了一句话，其他的我等着别人来说。我相信那许多在“文革”中受尽血与火磨炼的人是不会沉默的。各人有各人的经验。但是没有人会把“牛棚”描绘成“天堂”，把惨无人道的残杀当做“无产阶级的大革命”。大家的想法即使不一定相同，我们却有一个共同的决心：决不让我们国家再发生一次“文革”，因为第二次的灾难，就会使我们民族彻底毁灭。

我决不是在这里危言耸听，二十年前的往事仍然清清楚楚地出现在我的眼前。那无数难熬难忘的日子，各种各样对同胞的伤天害理的侮辱和折磨，是非颠倒、黑白混淆、忠奸不分、真伪难辨的大混乱，还有那些搞不完的冤案，算不清的恩仇！难道我们应该把它们完全忘记，不让人再提它们，以便二十年后又发动一次“文革”拿它当做新生事物来大闹中华?！有人说：“再发生？不可能吧。”我想问一句：“为什么不可能？”这几年我反复思考的就是这个问题，我希望找到一个明确的回答：可能，还是不可能？这样我晚上才不怕做怪梦。但是谁能向我保证二十年前发生过的事不可能再发生呢？我怎么能相信自己可以睡得安稳不会在梦中挥动双手滚下床来呢？

并不是我不愿意忘记，是血淋淋的魔影牢牢地揪住我不让我忘记。我完全给解除了武装，灾难怎样降临，悲剧怎样发生，我怎样扮演自己憎恨的角色，一步一步走向深渊，这一切就像是昨天的事，我不曾灭亡，却几乎被折磨成一个废物，多少发光的才华在我眼前毁灭，多少亲爱的生命在我身边死亡。“不会再有这样的事了，还是揩干眼泪向前看吧。”朋友们这样地安慰我，鼓励我。我将信将疑，心里想：等着瞧吧，一直等到宣传“清除精神污染”的时候。

那一阵子我刚刚住进医院。这是第二次住院，我患的是帕金森氏综合症，是神经科的病人。一年前摔坏的左腿已经长好，只是短了三公分，早已脱离牵引架；我拄着手杖勉强可以走路了。读书看报很吃力，我习惯早晨听电台的新闻广播，晚上到会议室看电视台的新闻联播。从下午三点开始，熟人探病，常常带来古怪的小道消息。我入院不几天，空气就紧张起来，收音机每天报告某省市领导干部对“清污”问题发表意见；在荧光屏上文艺家轮流向观众表示清除污染的决心。听说在部队里战士们交出和女同志一起拍摄的照片，不论是同亲属还是同朋友；又听说在首都机关传达室里准备了大堆牛皮筋，让长发女人扎好辫子才允许进去。我外表相当镇静，每晚回到病房却总要回忆一九六六年“文革”发动时的一些情况，我不能不感觉到大风暴已经逼近，大灾难又要到来。我并无畏惧，对自己几根老骨头也毫无留恋，但是我想不通：难道真的必须再搞一次“文革”把中华民族推向万劫不复的深渊？仍然没有人给我一个明确的回答。小道消息越来越多。我仿佛看见一把大扫帚在面前扫着，扫着。我也一天、两天、三天地数着，等着。多么漫长的日子！多么痛苦的等待！我注意到头上乌云越聚越密，四周鼓声愈来愈紧，只是我脑子清醒，我还能够把当时发生的每一件事同上次“文革”进展的过程相比较。我没有听到一片“万岁”声，人们不表态，也不缴械投降。一切继续在进行，雷声从远方传来，雨点开始落下，然而不到一个月，有人出来讲话，扫帚扫不掉“灰尘”，密云也不知给吹散到了何方，吹鼓手们也只好销声匿迹。我们这才免掉了一场灾难。

一九八四年五月在日本东京召开的四十七届国际笔会邀请我出席，我的发言稿就是在病房里写成的。我安静地在医院中住满了第二个半年，探病的客人不断，小道消息未停，真真假假，我只有靠自己的脑子分析。在病房里我没有受到干扰，应当感谢那些牢牢记住“文革”的人，他们不再让别人用他们的血在中国的土地上培养“文革”的花朵。用人血培养的花看起来很鲜艳，却有毒。倘使花再次开放，哪怕只开出一朵，我也会给拖出病房，得不到治疗了。

经过半年的思考和分析，我完全明白：要产生第二次“文革”，并不是没有土壤，没有气候，正相反，仿佛一切都已准备妥善，上面讲的“不到一个月”的时间要是拖长一点，譬如说再翻一番，或者再翻两番，那么局面就难收拾了，因为靠“文革”获利的大有人在……

我用不着讲下去。朋友和读者寄来不少的信，报刊上发表了赞同的文章，他们讲得更深刻，更全面，而且更坚决。他们有更深切的感受，也有更惨痛的遭遇。“千万不能再让这段丑恶的历史重演，哪怕一星半点也不让”！他们出来说话了。

建立“文革”博物馆，这不是某一个人的事情，我们谁都有责任让子子孙孙，世世代代牢记十年惨痛的教训。“不让历史重演”，不应当只是一句空话。要使大家看得明明白白，记得清清楚楚，最好是建立一座“文革”博物馆，用具体的、实在的东西，用惊心动魄的真实情景，说明二十年前在中国这块土地上，究竟发生了什么事情?！让大家看看它的全部过程，想想个人在十年间的所作所为，脱下面具，掏出良心，弄清自己的本来面目，偿还过去的大小欠债。没有私心才不怕受骗上当，敢说真话就不会轻信谎言。只有牢牢记住“文革”的人，才能制止历史的重演，阻止“文革”的再来。

建立“文革”博物馆是一件非常必要的事，唯有不忘“过去”，才能做“未来”的主人。

6 月 15 日